I0761322

PORTO

PORTO

Pádraig Ó Gallachóir

Porto

Foilsithe i 2010 ag
ARLEN HOUSE
(Arlen Publications Ltd)
42 Grange Abbey Road
Baldoyle
Dublin 13
Éire
Fón/Facs: 00 353 86 8207617
Ríomhphost: arlenhouse@gmail.com

Dáileadh idirnáisiúnta
SYRACUSE UNIVERSITY PRESS
621 Skytop Road, Suite 110
Syracuse, NY 13244–5290
Fón: 315–443–5534/Facs: 315–443–5545
Ríomhphost: supress@syr.edu

ISBN 978–1–85132–011–0, crua

Clóchur ¦ Arlen House
Priontáil ¦ Brunswick Press
Saothar ealaíne an chlúdaigh: Pádraig Ó Gallachóir

Tá Arlen House buíoch de
Chlár na Leabhar Gaeilge
agus d'Fhoras na Gaeilge

Clár

7 An Fear a bhí i nGrá lena Bhean
34 The Man who Loved his Wife

61 Porto
79 Porto

96 Faoin Údar
96 About the Author

AN FEAR A BHÍ I NGRÁ LENA BHEAN

I

Tráthnóna Dé Luain:
An Rí

Bhí a fhios ag Muiris chomh luath is a chuir sé a chos thar thairseach an dorais go raibh sí ar shiúl. Mhothaigh sé an suaimhneas uaigneach marfach sin, a raibh a sháith taithí aige air faoi seo, ar fud an tí. Chaith sé a mhála sa halla agus a chuid eochracha ar an tábla beag in aice an fhóin. Ní raibh bogadh sa teach.

Níor scairt duine ar bith amach 'Cé hé sin?' Níor chuala sé doras á osclailt ná leithreas á shruthlú. Thosaigh sé ag dreapadh suas an staighre, ag déanamh an oiread trup is a d'fhéad sé a dhéanamh, ag leagan a chos níos troime ar na coiscéimeanna ná mar ba ghá. Leath bealaigh suas scairt sé amach: 'A Íde, is mise atá ann', ach bhí a fhios aige ina chroí istigh gur ag caint leis féin a bhí sé. Ní hamháin go raibh sí as láthair go sealadach, rud a bhí, ach cé go raibh an vardrús lán dá sciortaí agus dá cultacha, mhothaigh sé go raibh a spiorad ar shiúl as an teach.

Chuaigh sé isteach sa seomra leapa. Bhí an leaba mar a d'éirigh sí aisti an mhaidin sin. Bhí tuáille mór bán caite ar an urlár ina leathchiorcal, mar a shiúlfadh duine amach as gan bacadh lena thógáil. Thóg sé é agus chuimil dá aghaidh é. Bhí an tuáille tirim agus boladh sópa cumhráin uaidh. Ar thaobh Íde den leaba fuair sé ceann de na sreangáin dhubha a raibh cuma damhán eala shíoda orthu a chaitheadh sí mar fhobhríste. Bhí cíochbheart dubh den déanamh céanna leath i bhfolach faoi éadach na leapa, agus t-léine a chaitheadh sí sa leaba faoin bpiliúr.

D'amharc sé sa seomra folctha, bhí an báisín agus an cith folctha tirim. D'fhill sé anuas an staighre, chuir sé a cheann isteach sa chistin. Bhí achan rud glan ordúil, ró-ordúil, bhí sé mar cheann de na cistineacha bréagacha sin a bhíonn déanta suas acu sna siopaí móra le custaiméirí a mhealladh.

Chaith sé é féin i gcathaoir mhór sa seomra suite agus bhrúigh an cnaipe ar rialaitheoir na teilifíse. Bhí sé cráite. Ba é an chuma a bhí air go raibh an eagla is mó, an smaoineamh nár lig sé cead dó féin smaoineamh air fiu, an t-uafás a ruaig sé as a intinn...go raibh sé sin, in ainneoin a raibh déanta aige, anuas sa mhullach air. Bhí a chuid smaointe ag maistreadh trína intinn, á chur gan dóigh.

Tháinig an pictiúr ina láthair ar an scáileán. Bhí an fhuaim múchta mar a d'fhág sé é ar maidin.

Bhí nuacht an tráthnóna TG4 ar obair, an léitheoir nuachta ag stánadh air trí phéire spéaclaí. Frámaí dubha na spéaclaí ag díriú a airde ar shúile an léitheora. Bhí siad ag amharc díreach air, dubh duáilceach dar leis, na súile. Iad lán de thrua dó mar dhea, ach i ndáiríre iad magúil drochmheasach.

Bhrúigh sé cnaipe eile agus d'ardaigh an fhuaim. Mhothaigh sé na súile agus na focail a chuala sé á shá mar a bheadh péire snáthaidí dírithe ar smúsach a anama. 'Nach tú an ceap magaidh, a Mhuiris Uí Nia. Bhí a fhios ag d'athair an seandlíodóir sin, nach in an fáth gur fhág sé thú i gceannas ar an ngnó ceantála sin, gnó a bhí i mbaol a bháis le blianta. Bhí a fhios aige nach raibh sé i d'acmhainn a dhath eile a dhéanamh. Ní tada sin ar ndóigh le taobh mar a d'úsáid Íde an bhean abhcóide thú. Bean óg ag barr dhréimire a slí beatha á ceangal féin de sheanleaid caite. Á ceangal féin de ghnó nach raibh ann faoin am sin ach caitheamh aimsire.

Is truacánta agus is uaigneach fear ar bith nach bhfuil in ann ag a bhean, ise ar fud na tíre ag spraoi le fir óga, a corp óg fuinniúil ar bís ón ngorta a d'fhulaing sí uaitse. Tusa caite ar leataobh mar a bheadh seanphéire fobhrístí'.

D'ardaigh Muiris an rialaitheoir teilifíse taobh thiar dá cheann is chaith d'urchar uaidh é trasna an tseomra i dtreo an scáileáin. Níor aimsigh an rialaitheoir an sprioc ach sheol amach os cionn na teilifíse gur bhuail sé an balla thiar ar a chúl, ait ar thit sé ina smidiríní.

Leag Muiris a cheann ar thaobh na cathaoireach agus chaoin uisce a chinn go bog goilliúnach go raibh sé ina chnap codlata.

Nuair a mhúscail sé bhí an teach dorcha. D'éist sé ach níorbh eol dó go raibh duine ar bith ach é féin sa teach. Chuaigh sé amach go dtí an chistin, chaith boiseog uisce as sconna na cistine ar a aghaidh agus thriomaigh le tuáille na soithí é.

Ar a bhealach amach thóg sé na heochracha den tábla beag agus tharraing comhla an dorais ina dhiaidh.

D'fhág sé an carr ar thaobh na sráide i gCnoc na Cathrach agus chuaigh trasna isteach go ceann de na tithe tábhairne sin a mbíonn na turasóirí ag tarraingt orthu. Roghnaigh sé teach nach raibh barraíocht solais ann. Ar dhul isteach dó bhí an *jukebox* ag greadadh amach amhrán ceol tíre agus é i gcomórtas leis an teilifís a raibh cluiche sacair de chuid na Spáinne uirthi.

Tharraing sé a chorp suas ar stól ard in aice an bheáir agus d'ordaigh leathghloine uisce bheatha.

'Leat féin anocht arís', arsa fear an bheáir leis nuair a d'fhill sé lena dheoch, cé nár leag Muiris súil riamh roimhe air.

'Caith anall ceann eile acu sin', arsa Muiris. Bhí sé in amhail a rá 'agus coimheád do ghnó féin', ach choinnigh sé srian ar a theanga. Ní raibh an dara ceann ina ghlac go raibh a ghloine tráite aige.

D'ól sé cúpla ceann eile gur chaill sé cuntas orthu agus chaill sé suim sa saol go hiomlán gan mhoill ina dhiaidh sin arís.

Ní raibh a fhios aige cén t-am ar shroich sé an baile. Bhí sé mar a bheadh sé ag snámh i réimse neamhshaolta na meisce.

Mar sin féin d'éirigh leis an staighre a bhaint amach agus é féin a chaitheamh sa leaba a bhí sa seomra beag.

Smaoinigh sé amharc isteach sa seomra mór go bhfeicfeadh sé an raibh Íde ann ach rinne sé athsmaoineamh, nó dá ndéanfadh sé í a mhúscailt bheadh an diabhal le hithe aige.

Nuair a mhúscail sé bhí gliogar inteacht ag cur isteach air. D'iompaigh sé cúpla uair sa leaba, tharraing éadach na leapa amach thar mhullach a chinn, ach ní raibh maith ann. Bhí an gliogar ag cur drochbhail ar a chloigeann i gcónaí. Shuigh sé suas agus mhúch an t-aláram. Chuir sé a chosa amach agus tharraing é féin suas go barr a airde, an mothú ina cheann mar a bheadh céad casúr ag ionsaí a inchinne.

Nuair a d'éirigh leis an leithreas a bhaint amach chuir sé a cheann faoi shruth uisce fhuair as an sconna go bhfeicfeadh sé an raibh faoiseamh beag ar bith le fáil ann. Ceart go leor rinne sé a bheag nó a mhór de mhaitheas dó ach bhí eagla air nach mbeadh sé ábalta ag an staighre. Chaith sé é féin ar mhullach na leapa arís. D'amharc sé ar a uaireadóir ach ní raibh sé ábalta a insint cé acu deich tar éis a dó nó deich chun a deich a bhí sé. Bhí sruth solais ar dhallóg na fuinneoige agus mheas sé go raibh an ghrian ina suí le tamall.

Thóg sé an fón agus le dícheall mór d'aimsigh sé na huimhreacha a chuir i dteagmháil le fón póca Declan é.

'A Declan', ar seisean.

'Sea'.

'Muiris anseo'.

'Tá a fhios agam'.

'Tá coinne luath agamsa inniu is ní bheidh mé san oifig go dtí am dinnéir'.

'Right, ceart go leor'.

'A Declan'.

'Sea'.

'Cén t-am anois é'.

Chuala sé únfairteach inteacht ar an gceann eile den fhón, agus glór mná ag rá 'ná stad, ná stad'.

'Ceathrú chun a trí, a Mhuiris'.

'Ar maidin'.

'Sea, a Mhuiris, ar maidin'.

'Ó, tá mé buartha cur isteach ort, a Declan. Ní raibh mé ábalta an clog a fheiceáil mar ba choir. A Declan, a Declan', ach bhí an líne marbh.

Chuaigh sé chun na fuinneoige agus d'ardaigh an dallóg. Chonaic sé gur soilse na sráide a bhí ag lasadh dhallóg na fuinneoige seachas an ghrian.

Chaith sé é féin athuair sa leaba agus chuaigh a chodladh.

Nuair a mhúscail sé arís bhí dallóg na fuinneoige ardaithe, an ghrian go hard sa spéir i ndáiríre an t-am seo. Ag smaoineamh siar air, an mhaidin sin, ba bheag cuimhne a bhí aige den oíche. Bhí léargais bheaga bhearnacha ag cleitearnach trína intinn. Bhí cuimhne aige ar a bheith ag caint le bean inteacht ach ní raibh a fhios aige cérbh í féin. Bhí físeanna ag teacht chuige den bhealach chun an bhaile, soilse an chairr ag lasadh suas na dtom aitinn ar dhá thaobh an bhealaigh, is chomh deacair is a bhí sé aige fanacht eatarthu. Ach cuimhne ar bith go bhféadfaí ciall a bhaint aisti ní raibh sé ábalta teacht air.

Luigh sé tamall sa leaba ag machnamh ar a raibh tarlaithe dó agus ar a ndéanfadh sé faoin bhfadhb a bhí aige féin is Íde. An ag iarraidh é a sheachaint a bhí sí? Bhí sé trí lá anois ó chonaic sé í.

Thit a shúile ar an bpictiúr a bhí ar an gcófra sa seomra. Ceann de na grianghraif mhóra dhaite sin a ghlactar de lucht bainise. Cé nach raibh sin ach ocht mbliana ó shin, bhí corrdhuine thall is abhus den dream a bhí sa ghrianghraf ar shlí na fírinne cheana féin. A chairde féin mórán acu, iad siúd a bhí ar scoil leis, a bhí ar comhaois leis féin. Bhí a ghruaig féin bánliath fiú an t-am sin agus ise gealgháireach fuinniúil mar bhí riamh ina culaith bhán bhrídeoige. Cé air a raibh sé ag smaoineamh an chéad lá riamh? Cén sórt féinspéise nó mórtas cine a bhí ann, a chuir an smaoineamh ina cheann go raibh suim ag girseach fiche bliain níos óige ná é a saol a chaitheamh leis?

Nach raibh sé ina sheanfhear aibí, barr a mhaitheasa caite ón gcéad lá, ise lán de dhúil is de chíocras, a broinn ag béicíl amach de dhíobháil toraidh. Rud a thuig sé go maith, bhíodh a chuid hormón féin ag béicíl lá den saol, ach má thuig féin is beag a bhí sé ábalta a dhéanamh di.

Mar sin féin bhí cúpla rogha aige. D'admhaigh sé dó féin go raibh a bpósadh i mbaol. Bhí sise óg agus roghanna go leor aici ach, ar an drochuair, níorbh amhlaidh dó féin é. B' fhadhb thromchúiseach dósan é. Dar leis go raibh fuascailt thromchúiseach de dhíth air lena shaol pósta a shábháil. Leag sé amach a chuid roghanna ina intinn. Ní raibh maith dó féin a bheith ag dréim le leanúint ar aghaidh mar a bhí acu. Bhí sé cinnte go raibh na laethe sin caite is imithe go deo. Thiocfadh leis fear a roghnú di i ngan fhios di, fear óg bríomhar a dhéanfadh a áit féin sa leaba a líonadh ach nach mbeidh suim ar bith aige inti thar an bpointe sin, rud nach mbeadh furasta a dhéanamh. Thiocfadh leis neamhiontas a dhéanamh den rása a bhí léi san am i láthair agus fanacht go socródh sí; nó thiocfadh leis na maidí a ligean le sruth go hiomlán, deireadh a chur leis an ngeamaireacht seo a raibh siad beirt ag aisteoireacht inti le tamall anuas.

Ach ní dhéanfadh sé é sin, an tríú rogha. Bhí sé ag brath barraíocht uirthi. Mheas sé nár fhéad sé a bheith beo gan í, gurbh ise an chuid ab fhiúntaí dá shaol. Dhéanfadh sé beagnach rud ar bith leis an rogha sin a sheachaint. Is lena chois sin bhí sé gafa ó thaobh an ghnó de; ba léi féin leath den ghnó.

Shíl sé gur chuala sé clog ag bualadh áit inteacht, bhí sé chomh caillte sin ina shruth smaointe nárbh fhéidir leis díriú isteach ar fhoinse an dordáin. Go tobann rith sé leis gurb é a fhón póca a bhí ag cur as dó.

'Muiris Ó Nia anseo', ar seisean ag brú cnaipe ar an bhfón.

'A Mhuiris'. Declan a bhí ann.

'Sea, a Declan'.

'Ní chreidfidh tú cad é atá déanta agam', ar seisean, is mura raibh gliondar ina ghlór!

'Tá an machaire gailf díolta agat?' Leadhb phortaigh ab ea é seo a ghlac Muiris le cur ar ceant blianta ó shin ach nár shroich an bunphraghas riamh. Bhí sé anois ina cheap magaidh san oifig.

Rinne Declan gáire beag sular fhreagair sé.

'A Mhuiris, a Mhuiris, bíodh ciall agat, níor dhíol, ach fuair mé réidh le teach Uí Cheallaigh, agus fuair mé tairiscint trí mhíle thar an bpraghas a iarradh'.

'Comhghairdeas, a Declan, bulaí fir thú', arsa Muiris. 'Nach fada an diabhal ruda sin ar an leabhar againn'.

'Dhá bhliain san Aibreán seo a chuaigh thart', arsa Declan go bródúil.

'Beidh mé isteach ag am lóin, a Declan, agus labhróidh muid tuilleadh faoi'.

'Dála an scéil, cad é mar a chuaigh an cruinniú, a Mhuiris?' Tháinig an cheist aniar aduaidh air.

'Á, pleoid orthu, níor choinnigh siad an choinne. Chuir siad glaoch orm níos luaithe ar maidin ag rá liom nach mbeadh siad ann'.

'Mar sin atá', arsa Declan go hamhrasach.

'Sea bhuel, sin mar atá. Feicfidh mé níos moille thú. Slán anois, a Declan'.

'Slán'.

Thug sé leis an bia fuar a bhí ar an tráidire agus chuir ar phláta an chait é.

Roghnaigh sé léine agus culaith ghlan éadaigh as an vardrús ach i rith an ama bhí sé ag smaoineamh ar Declan agus ar theach Uí Cheallaigh. Sin cúis eile nach raibh sa tríú rogha ach seafóid. Ba le hÍde leath an ghnó. An gnó ceantálaí ab fhearr i gcathair na Gaillimhe, a d'fhág a athair, go ndéana an Rí a mhaith air, aige. Dhá leath a dhéanamh de sin, ní shílim é! 'Ach cad é faoi Declan?', ar seisean leis féin. Níorbh eol dó an Declan céanna a bheith chomh fuinniúil bródúil as a chuid oibre riamh. Bhí borradh faoi cinnte, ach cad é ba chúis leis?

Tháinig an glaoch teileafóin a rinne sé go luath an mhaidin sin ar ais ina chuimhne. An deifir a bhí ar Declan fáil réidh leis, an glór baineann a chuala sé ag rá 'ná stad, ná stad', an líne á crochadh suas go tobann. Agus anois an méid seo, teach Uí Cheallaigh díolta aige ar thrí mhíle thar an bpraghas. Is cinnte, ar seisean leis féin, gur fiú súil a choinneáil ar Declan.

Bhí an trácht ina uafás i lár na cathrach, mar a bhíodh sé go hiondúil ag am lóin. Bhí sé gafa ag na soilse tráchta san Fhaiche Mhór nuair a fuair sé an teachtaireacht téacs. Íde a bhí ann.

GNÓTHACH LE COYLE V MCDERMOTT I RITH AN LAE /CRUINNIÚ FOIRNE AG 6:30 BEIDH MÉ MALL.

Thuig sé i gceart cé chomh gnóthach is a bhí saol abhcóide shinsir, ach mar sin féin, bhí amhras air go raibh sí á sheachaint.

In ainneoin an tráchta shroich sé an oifig roimh an dó. Nuair a thug sé iarraidh ar tharraingt isteach ina áit pháirceála a raibh a ainm scríofa go soiléir air, bhí carr eile ansin roimhe. Bhí a fhios aige chomh luath is fuair sé a chéad sracfhéachaint ar an gcarr beag spórtúil dearg gurbh í a bhí ann. Ní raibh dúil aige fianaise a shúl a chreidiúint, gur thiomáin sé suas chuig a thaobh agus léigh an uimhir chláraithe. Bhí sé mar a bhuailfeadh splanc é, a intinn ina chíor thuathail, a chuid fola mar a bheadh sé reoite agus ag sruthlú trína chorp. Chúlaigh sé an carr siar go raibh sé as amharc na fuinneoige. Bhí am chun a mhachnamh a dhéanamh de dhíth air. An raibh sí féin agus Declan san oifig leo féin? An raibh rud éigin eatarthu? Tháinig an glór baineann sin a chuala sé de thaisme ar fhón Declan ag rá 'ná stad, ná stad', athuair chun a chuimhne. Ach cad é a bhí le déanamh anois? B'in í an cheist. An ngabhfadh sé isteach agus teacht orthu, nó an n-imeodh sé leis agus an frustrachas agus an t-amhras a bhí ag méadú ann a fhulaingt?

Go tobann baineadh an cinneadh uaidh nuair a chuala sé glór domhain canránach an chairr bhig ag macalla taobh thiar de. Chuir sé a charr féin chun siúil gan mhoill agus tharraing siar lána cúil i bhfolach. Ní raibh ann ach go raibh sé as amharc nuair a chonaic sé sa scáthán an splanc dhearg ag dul thar bharr an lána le luas. Chuala sé an scread a rinne an t-inneall go ndeachaigh sé as a éisteacht.

Nuair a chuaigh sé isteach chun na hoifige bhí Declan ina shuí ag a dheasc ag scríobh. Sheas sé nuair a thug sé Muiris faoi deara. Chuaigh Muiris díreach chuige agus a lámh sínte aige.

Croith siad lámh lena chéile gan focal a rá. Chuir Muiris a lámh ar ghualainn Declan .

'Comhghairdeas arís, a mhac, tá an gníomh déanta agat sa deireadh', ar seisean go gealgháireach.

'Go raibh maith agat, a Mhuiris', arsa Declan go socair. 'Creidim go mbeidh tú ag dréim le go bhfaighidh mé ceann díolta chuile sheachtain as seo amach'.

Rinne Muiris gáire agus bhuail dorn a bhí idir ghreann is dáiríre air sna matáin.

'Dála an scéil, an raibh cuairteoirí againn?', arsa Muiris ag tarraingt airde ar dhá chupa fholmha ar an deasc.

'Ólaimse mo sháith caife', arsa Declan go leithscéalach.

'Shíl mé go mb'fhéidir go raibh do choochie-coo anseo sula dtáinig mé isteach', arsa Muiris go magúil.

Níor chuir an leide ann ná as do Declan. 'Nach ormsa a bheadh an t-ádh!', ar seisean go dúnárasach.

II

Maidin Dé Máirt: An Bhanríon

Bhí Íde i suan milis na maidine nuair a mhúscail an fón í. Phreab sí ina suí sa leaba agus chuaigh ag rácáil ina mála a bhí ag taobh na leapa lena aimsiú.

'Sea', ar sise i nglór a raibh rian an chodlata air.

'Dia dhuit, a Íde, Cyril anseo'.

'Á, haigh, a Cyril, an bhfuil tú ceart go leor?'

'Díreach go raibh beagáinín imní ag cur as dúinn anseo, ach má tá tú ar do bhealach ...'

D'amharc Íde ar an gclog, bhí sé ceathrú tar éis an deich.

'Tá mé ar mo bhealach, a Cyril, go raibh maith agat'.

'Ceart go leor mar sin, ach go bhfuil Coyle v McDermott ar an gclár don haon déag'.

'Sea, a Cyril, tuigim sin, ach beidh mé ansin gan mhoill'.

'Slán'.

'Slán, a Cyril'.

Bhí sí de léim as an leaba mar a bheadh capall rása ann chomh luath is a mhúch sí an fón. Ní fhéadfadh sí a bheith mall inniu thar lá ar bith eile.

Fuair sí an cíochbheart a bhain sí di an oíche roimhe faoin éadach leapa, san áit ar chaith sí aréir é agus tuirse uirthi tar éis lae fhada. D'fhág sí é san áit a raibh sé agus roghnaigh fo-éadach nua as an gcófra.

Anuas lena fobhríste agus shiúil amach as; amach thar a ceann le láimh amháin leis an t-léine a chaitheadh sí sa leaba agus an cith folctha á chur ar siúl aici lena láimh eile. Léim ghasta isteach faoi shruth te an chith folctha, triomú gasta den tuáille mór bán agus isteach ina cuid éadaí lae gan stad gan faoiseamh.

Faoin am seo den lá bhí an tsráid lán de na leoraithe móra sin a bhíonn ag seachadadh earraí chuig na siopaí. D'amharc sí ar a huaireadóir, rud a raibh sé á bac uirthi féin , nó bhí a fhios aici nach ndéanfadh sé ach a teannas agus a hanbhá a mhéadú. Fiche chun a haon déag. Shamhlaigh sí an breitheamh Liam, an seanchrochadóir, a raibh aithne na mblianta aici air, ag amharc uirthi amach thar na leathspéaclaí sin a chaitheadh sé:

'An bhfuil muid ag coinneáil ár gcara léannta óna codladh arís?' a deireadh sé, nó rud éigin chomh ciniciúil céanna.

Mar a tharla, shroich sí teach na cúirte agus deich nóiméad le spáráil aici. Ag tarraingt isteach sa spás páirceála chonaic sí go raibh dhá ghrúpa fear ina seasamh ansin. Ar thaobh amháin de na céimeanna ag an doras mór tosaigh bhí baicle gardaí sinsearacha in éide agus cúpla bleachtaire, fillteáin dhonna faoina n-ascaill ag cuid acu. Ar an taobh eile bhí ceathrar nó cúigear sibhialtach, gaolta nó finnéithe do dhaoine a bhí le teacht os comhair na cúirte. Iadsan ag caitheamh toitíní agus ag gáirí. Nuair a chuir sí a cosa fada amach as doras an chairr thug sí faoi deara na cloigne ag iompú ina treo. Rinne sí neamhiontas díobh agus chuaigh díreach chuig seomra an habhcóide cosanta, ag beannú don gharda óg a bhí ar dualgas ag an doras. Bhí an fhoireann uilig ansin. Cyril ag fústráil ar fud na háite ag eagrú na bhfinnéithe, Peadar chomh ciúin agus chomh fuarchúiseach le bloc siocáin, a chuid páipéar á gcur in ord reatha aige.

Bhí an cás seo, a raibh aighneas faoi chlaí teorann i gceist ann, ar siúl le cúpla bliain faoin am seo agus bhí carnán páipéir i bhfillteáin bailithe acu a bhain leis.

'Tá an dlíodóir McDermott ag fanacht leat i d'oifig', arsa Peadar. 'Tá Róise istigh ansin ag coinneáil comhrá leis'.

'Ó, go raibh maith agat, a Pheadair', ar sise ag déanamh caol díreach ar dhoras na hoifige.

D'éirigh an dlíodóir ina sheasamh nuair a shiúil sí isteach agus shín a lámh chuici.

Fear sráidbhaile tuaithe ab ea é as Contae Ros Comáin, é b'fhéidir ag tarraingt suas ar an dá scor, fear ábalta, urrúnta, a chraiceann daite go tarraingteach ag an ngrian. Dá mbeadh sí ionraic léi féin, is iomaí uair ó casadh uirthi an chéad uair é a smaoinigh sí dá mbeadh sí gan cheangal ... ach b'in scéal eile. Croith sí a lámh dhaingean fhéinchinnte.

'Sílim go bhfuil ar ndóthain aithne againn ar a chéile anois le dearmad a dhéanamh ar an bhfoirmiúlachas', ar sise. 'Má thugaim Seán ortsa an bhféadfá Íde a thabhairt ormsa?'

'Ó, cinnte', ar seisean agus meangadh mór gáire air, a fhiacla láidre bána á nochtadh aige.

'Go raibh maith agat, a Róise, is féidir leat leanúint ort le do chuid oibre féin', ar sise leis an gcailín oifige.

Chuaigh siad isteach chun na cúirte mar a bhí beartaithe. Rinneadh cur agus cúiteamh mar ba ghnách. Lean an lá leis go leadránach, achan rud ag tarlú ina am féin, na rothaí móra ag tiontú, iad ag meilt go mall agus go cúramach ach ag meilt go mín.

Ar a haon d'fhógair cléireach na cúirte go mbeadh briseadh uair go leith ann le haghaidh lóin. Chuaigh Íde agus a foireann go bialann a bhí in aice theach na cúirte.

Nuair a bhí siad ag fanacht lena mbéile smaoinigh Íde ar Mhuiris, agus chuir téacs chuige. Ba é seo an chéad áit ar ith siad béile le chéile. Ba chóir dóibh a leithéid a dhéanamh níos minice anois. An raibh an rómánsaíocht ag imeacht as a gcaidreamh, an raibh an rómánsaíocht ag imeacht as an saol go hiomlán ach oiread leis sin?

Bhí plean ag Íde. Bheadh breithlá Mhuiris ann an mhí dár gcionn. Mheas sí go raibh sé beagáinín faoi smúid le tamall. Barraíocht ama á chaitheamh sa phub aige, ag fanacht ina sheomra san oíche, á seachaint de bharr an óil, nó sin é a mheas sí. Nár dheas dinnéar a eagrú dó i ngan fhios dó? Chuaigh sí anonn go hoifig an bhainisteora sa bhialann agus chuir trí thábla in áirithe don dara lá dhéag de Lúnasa.

Nuair a d'fhill sí chuig an tábla d'inis sí don fhoireann cad é a bhí déanta aici agus chros orthu an rún a sceitheadh le haon duine. Bhí sí ar tí scairt fóin a chur ar Declan lena thacaíocht a iarraidh nuair a smaoinigh sí gurbh fhearr di sin a dhéanamh go pearsanta. Bhí doiciméid le bailiú san oifig aici ar scor ar bith.

Chuaigh sí caol díreach ar ais go teach na cúirte. Fuair sí a carr agus níor stad go raibh sí san oifig ag Declan. Ba é an chéad rud a rinne sí ná téacs a chur chuig Muiris lena chur ó dhoras nó dá mbeadh a fhios aige go raibh sí san oifig bheadh sé ann i bhfaiteadh na súl lena feiceáil. Níor fhóir sé di é a bheith i láthair nó go bhfaigheadh sí seans an plean a phlé le Declan agus déanamh cinnte de nach sceithfeadh sé a rún. Bhí siad beirt ina suí ag ól cupán caife nuair a thug sí faoi deara an Mercedes mór dubh ag sleamhnú isteach sa charrchlós.

'B'fhearr domsa a bheith ag imeacht liom', ar sise. 'Ná habair focal leis faoi siúd'.

Nuair a shroich sí an carrchlós chuir sé a sáith iontais uirthi nach raibh rian ná iomrá ar Mhuiris, cé go bhfaca sí lena súile féin é dhá bhomaite roimhe sin.

Chuaigh sí díreach ar ais go Teach na Cúirte, áit ar chaith sí an chuid eile den iarnóin. Tar éis dóibh béile trathnóna a ithe i mbialann chuaigh an fhoireann uilig ar ais go hoifigí Uí Neachtain, Uí Nia, & Clohessy Teo. Ba é athair Mhuiris i gcomhar le Timlín Ó Neachtain a chuir tús leis an gcliantacht. Tháinig David Clohessy nia le hÓ Neachtain isteach níos moille agus nuair a fuair athair Mhuiris bás, ba í Íde a líon an folúntas.

D'fhág an fhoireann tar éis an chruinnithe ach d'fhan Íde san oifig ag déanamh oibre a bheadh uaithi an lá dár gcionn, go dtí go raibh sé tar éis a naoi.

Nuair a shroich sí an baile bhí an teach faoi dhorchadas. Bhí mála Mhuiris sa halla agus a chuid éadaí oibre crochta ar cheann na leapa. Thóg sí cith folctha agus rinne muga seacláide di féin. Shuigh sí síos le b'fhéidir trí cheathrú uaire a chaitheamh ag féachtaint ar an teilifís sular bhain sí an staighre agus a leaba amach. Chuaigh sí ag cuardach rialaitheoir na teilifíse ach ní raibh sé le fáil. Chuaigh sí anonn agus bhrúigh an cnaipe ar an teilifís féin. Las an teilifís ach bhí sé ar an gcainéal mícheart agus b'éigean di dul chuige arís agus cnaipe eile a bhrú. 'Aggh', ar sise ag béicíl agus ag tógáil a coise a bhí nochtaithe go tapaigh den chairpéad. Mhothaigh sí mar a bheadh dealg ag brú isteach i mbonn a coise. Shuigh sí ar an tolg agus rinne scrúdú gasta ar bhonn a coise. Bhí spíce mór dubh plaisteach sáite inti. Rug sí greim air agus tharraing amach as a cois é. D'aithin sí ansin cad é a bhí ann, píosa den rialaitheoir. Fuair sí an chuid eile de ina smionagar ar an urlár taobh thiar den teilifís. Bhí sí scanraithe anois, agus fios aici go raibh fadhbanna Mhuiris i bhfad níos measa ná mar a shíl sí.

III

Oíche Dé Máirt: An Cuireata

Bhí teach tábhairne 'An Eala Dhubh' sa chúlsráid lán go doras nuair a shiúil Muiris isteach.

In aice an dorais bhí beár fada a raibh scuaine triúr ar doimhne ina seasamh aige. Ar fud an urláir bhí baiclí eile ina dtriúir agus ina gceathrair ina seasamh ag ól agus ag comhrá. Ag taobh an bhalla bhí sraith de tháblaí, cuid acu do bheirt is cuid le ceithre shuíochán. Thiar i gcúl an tslua ar an taobh cúil den teach bhí urlár damhsa agus banna ceoil ag seinm ann. Bhí daoine ina suí ag an gcuid is mó de na táblaí thíos taobh an bhalla, ach d'aimsigh sé áit amháin a bhí folamh. Tábla do bheirt a bhí ann. Bhí bean ina suí aige agus chomh luath is a chonaic sé í dar leis go raibh fear áit éigin ar leis an dara suíochán. Fuair sé bearna sa scuaine agus d'ordaigh pionta leanna.

Bhí an pionta ag a bhéal agus é ag baint an chéad bholgaim as nuair a thug sé faoi deara go raibh an suíochán folamh i gcónaí. Siúd anonn leis agus d'fhiafraigh den bhean an raibh an suíochán tógtha.

'Níl', ar sise. 'Suigh leat ann'.

Shuigh Muiris ag baint corrdheor as a phionta, agus ag baint lán a dhá shúl aisti féin.

Bhí sí b'fhéidir daichead bliain d'aois, nó siar sna tríochaidí ar a laghad. Bhí folt gruaige uirthi ag dul síos a droim a bhí chomh dubh le sméar, agus culaith dhearg á caitheamh aici a d'fhág barr a huchta agus a guaillí leathnocht. Bhí seál beag d'ábhar a raibh cuma an tsíoda air á clúdach, más ar éigean é.

'An raibh tú ag fanacht le duine inteacht?' a d'fhiafraigh Muiris.

'Leoga, ní raibh', ar sise. 'Ba í Caitlín a bhí ina suí ansin, cara dom tá a fhios agat. D'iarr fear inteacht amach ag damhsa í'.

'Is ní fhillfidh sí', arsa Muiris.

'Ní dóigh liom é', ar sise agus aoibh an gháire ag briseadh ar a haghaidh. 'Tá draíocht ag Caitlín ar na fir'. Rinne sí gáire beag mar a bheadh sí ag smaoineamh ar rún idir chairde.

'Tá tú féin draíochtúil go leor anocht'.

'Óóó', ar sise idir mhagadh is dáiríre, 'nach muid atá rómánsúil anocht'.

Mhothaigh sé a aghaidh agus a chluasa ag deargadh, rud nár tharla dó ó bhí sé ina ghasúr scoile. Baineadh siar as agus níor labhair ceachtar acu ar feadh tamaill.

'Nach mbíonn tú féin ag damhsa?' ar seisean nuair a fuair sé a anáil leis.

'Bíonn', ar sise, 'ach mura ndéanfainn seit sean-nóis liom féin ...'

Shín Muiris amach a lámh chuici mar chuireadh. D'éirigh sí agus rinne siad a mbealach chun an urláir.

B'fhada ó rinne Muiris damhsa ar bith, agus dhá fhad ó rinne sé damhsa le bean seachas Íde. Bhí siad cúramach le chéile ar dtús, amscaí fiú, ach chomh luath is a thóg sé ina bhaclainn í, luigh sí isteach ar a ucht agus mhothaigh sé teas agus teannas a coirp.

'Is mise Muiris', ar seisean. 'Cén t-ainm atá ortsa?'

'Ó, gabh mo leithscéal', ar sise. 'Is mise Seosaimhín'.

Nuair a bhí an damhsa thart thug sí ar ghreim láimhe é chuig tábla eile a raibh bean eile ina suí aige ar imeall urlár an damhsa.

'Seo í Caitlín', ar sise. 'A Chaitlín, is é seo Muiris'.

Croith Muiris lámh le Caitlín agus shuigh siad beirt ag a taobh.

D'ordaigh Muiris tuilleadh deochanna dóibh triúr agus shuigh siad ansin ag comhrá agus ag caitheamh toitíní. Bhí siad ar ndóigh ag éirí níos gealgháirí agus an chaint ag teacht chucu níos fearr is níos réidhe de réir mar bhí an uair ag éirí déanach agus an t-ólachán ag dul I bhfeidhm orthu. Sa deireadh scaoil Muiris a rún leo. Mhínigh sé go raibh sé faoi scamall ina shaol pósta. Bhí siad thar a bheith tuisceanach agus bhí trua acu dó.

'Ní féidir cur suas lena leithéid', arsa siad.

'Ach', arsa Muiris, 'cad atá le déanamh agam?'

'Tá', ar siad, 'tar chun an bhaile linne anocht agus déanfaidh muid leigheas duit'.

'Tá go breá', arsa Muiris, cé nár chreid sé focal as a mbéal nó ba é a bharúil gur á mhealladh chun babhta drúise a bhí siad.

Leathuair níos moille bhí trí chruth dhubha le feiceáil ag sníomh a mbealaigh síos cúlsráid bheag dhorcha, iad i mbaclainn a chéile agus an bheirt ba lú a bhí ar na taobhanna ag pógadh is ag cuimilt an té ab airde a bhí sa lár.

Shroich siad doras dubh de shiopa beag a raibh an t-ainm 'An Mhalairt Slí' greanta i litreacha móra órga os cionn na fuinneoige. I litreacha níos lú scríofa faoi bhí an mana 'Luibheanna, Cógais Nádúrtha & Briochtaí'. Tar éis roinnt únfairte le heochair d'oscail an dorchadas agus fágadh cearnóg gheal lasta ina áit. Chuaigh an triúr as amharc i lár an tsolais is d'fhill an tsráid chun dorchadais athuair.

Sular fhág Muiris in antráth an oíche sin bhí mearbhall ina cheann ó na scéalta agus ón oiliúint san asarlaíocht is na ceirdeanna dubha draíochta a fuair sé óna chairde nua.

IV

Oíche Dé Sathairn agus Maidin Dé Domhnaigh:
Péire Spéireata

Bhí maidin ghruama dhoineanta ann, néalta dorcha duairce liathghlasa ag rásaíocht trasna na spéire. Bailceanna troma báistí ag sciurdadh isteach Bá na Gaillimhe is ag fágáil ballaí na nduganna fliuch doiléir. An ghaoth fhuar phholltach ag feadaíl sna cáblaí aibhléise agus rigín na mbád a bhí ag cloí le taobh na céibhe.

Bhí Stiofán Ó Ciara amuigh ag siúl lena mhadra, mar a bhíodh go hiondúil maidin Domhnaigh. An péire acu ar foscadh i ndoras foirgneamh stórála ar bhruach na céibhe.

An madra beag ina rith anseo is ansiúd mar is dual dá leithéid.

Go tobann thosaigh an madra ag rith anonn is anall ar bhruach na céibhe is ag tafann oiread is a bhí ina chorp.

'Luigh fút, a Trixie', arsa Stiofán ag béicíl leis, 'is bíodh raon múinte ort'.

Ach dheamhan a chois den mhadra a thiocfadh chuige ach ag dul as crann a chéille ar bhruach na céibhe. Nuair a bhí an aimsir feabhsaithe beagáinín arís shiúil Stiofán anonn i dtreo an mhadra le go bhfeicfeadh sé cad é in ainm Dé a bhí ag cur as dó.

Baineadh geit as nuair a d'amharc sé síos san uisce bréan brocach a bhí ag slaparnach ar thaobh na céibhe.

Corp mná óige a bhí thíos faoi, a gruaig fhada fhionn salach le cac agus bruscar na nduganna ag spré amach san uisce mar a bheadh gruaig mhaighdean mhara ann.

Cuireadh fios ar na gardaí agus na seirbhísí éigeandála agus gan mhoill bhí an caladh ina rírá le feithiclí, a gcuid soilse gorma ag casadh leo go mall is ag péinteáil na mballaí dorcha agus an t-uisce brocach agus an mhaidin dhuairc dhoineanta Domhnaigh le splancacha spleodracha solais.

Timpeall an ama chéanna bhí Muiris ina chnap codlata ina sheomra beag nuair a mhúscail gliogarnach an fhóin é. Bhí sé seachtain anois ó chodail sé le hÍde agus ocht seachtaine ó bhí caidreamh collaí acu le chéile, nó fiú póg nó barróg lena ngrá a léiriú dá chéile. Agus a shúile á gcuimilt aige shín sé amach a lámh gur thóg sé an fón.

'Sea', ar seisean.

'Fuist, is mise atá ann', arsa an glór baineann.

'Ó go maith', ar seisean go gonta, ar eagla go mbeadh Íde ag éisteacht.

'Meán oíche anocht', arsa an glór. 'Bí réidh'.

'Slán', arsa Muiris.

Bhí an plean leagtha amach, bhí a fhios aige cad é a bhí le déanamh aige cé nach raibh sé iomlán cinnte anois agus uair na cinniúna sa mhullach air. Gheall siad dó go raibh siad cinnte dearfa go mbeadh a bhean ar ais aige mar a bhí roimhe tar éis na hócáide. Go mbeadh siad beirt oiread i ngrá is chomh fonnmhar chun collaíochta is a bhí siad ar oíche a bpósta. D'oscail sé an clúdach beag páipéir. Bhí dhá tháibléad bheaga ghorma agus capsúl glas istigh ann. Ceann le tógáil anois is ceann don oíche anocht. Ba d'Íde an ceann glas. Chuir sé an táibléad ina bhéal agus d'ól bolgam uisce as buidéal a bhí aige ag taobh na leapa.

Bhain sé de an t-léine a bhí air ag dul a luí agus na fobhrístí. Lomnocht a bhí sé nuair a shiúil sé trasna bharr an staighre go seomra Íde.

Bhí sí ina suí suas sa leaba. Bhí péire piliúr lena droim agus iris éigin do mhná á léamh aici nuair a shiúil sé isteach. Cé gur léir dó gur baineadh geit aisti, bhí iontas air chomh réidh is a ghlac sí leis nuair a phóg sé a béal. Níor dhiúltaigh sí ach an oiread nuair a rug sé greim ar fháithim a t-léine agus tharraing thar a ceann é gur leag sé na céadta póg bheag mhilis ar achan orlach dá corp. Tharraing sí chuici é go hocrach agus leag sí a lámha míne ar a chorp, á chuimilt is á ghríosadh chun macnas colainne.

Tar éis uaire, uair anghrách fhíochmhar fhial chollaíochta, bhí a fhios ag Muiris go raibh sé san fhaopach. Bhí botún na mbotún déanta aige. D'aithin sé gurbh ann féin, ina intinn chlaonta éadmhar féin a bhí na tréithe a bhí sé a chur síos dá bhean. Ina shúile buí gruama féin amháin a bhí an saol gruama a shamhlaigh sé dó féin.

Thug sé iarraidh glaoch teileafóin a chur chuig an uimhir a tugadh dó ar an gcárta gnó ach faoi mar a bhí sé ag dúil leis, ní raibh ann ach port an fhóin ag macalla ar ais ina chluais gan freagra. Bhí a fhios aige go raibh a lámh imeartha aige, bhí an cluiche anois ag brath ar phéire muileata.

Sciorta dubh a bhí ar Mharia, nó b'in é a hainm, nuair a tharraing siad a corp as uisce truaillithe na nduganna an mhaidin Domhnaigh sin. Ní raibh snáithe ar bith eile éadaigh uirthi ach é. Chuir na Gardaí i mála coirp í agus thug chun an marbhlainne í.

D'fhág sí a baile dúchais sa Rómáin sé seachtaine roimhe sin le teacht go Baile Átha Cliath, áit a raibh a muirnín saoil, an stócach a bhí in aon rang léi ar scoil, a raibh sí geallta chun pósta leis, ag fanacht uirthi. D'oibrigh seisean mar sclábhaí cistine i mbialann ar feadh dhá bhliain fhada leis na cúpla míle euro a bhí le fáil ag na daoine a bhí lena tabhairt slán go hÉirinn a shaothrú. Ach ar ndóigh ní mar a shíltear a bhítear, agus ba i dteach striapachais ar bhruach na Life a bhí Maria lonnaithe seachas lena grá geal.

'Níor íocadh an t-airgead', ar siad nuair a chuir sí ceist.

'Mí amháin', ar siad, 'ag obair dúinne agus beidh tú saor le do leannán a fheiceáil'.

Chuaigh an mhí thart agus bhí fadhb eile ann. 'Níor shaothraigh tú do dhóthain', ar siad. 'Beidh mí eile uainn'.

Sula raibh an mhí istigh fuair Maria seans le teitheadh. Fuair sí traein go Gaillimh agus lóistín ó oíche go hoíche i gceann de na brúnna i lár na cathrach.

Chroch sí thart sna tithe tábhairne san oíche agus ní raibh oíche ar bith nach bhfuair sí fear a bhí toilteanach a corp a mhaslú agus cúpla nóta airgid nó béile nó b'fhéidir píosa seoide a bhronnadh uirthi mar luach a saothair.

Bhí corrbhean chomh maith a bhí sásta a slisín féin a bhaint aisti, agus ba chuma le Maria a fhad is go raibh cúpla euro le saothrú a thógfadh céim níos cóngaraí í don fhear a raibh sí i ngrá leis. Bhí sí breá sásta an oíche Shathairn sin nuair a shuigh beirt bhan áille a raibh cuma an rachmais orthu ag a tábla san 'Eala Dhubh'.

Thug siad leo chun an bhaile í agus thug deoch di i seomra codlata ina n-árasán i bhfoirgneamh ardnósach. Bhí mearbhall cinn agus suan trom codlata uirthi nuar a leag siad sa leaba í agus thosaigh ag baint a cuid éadaigh di. Sular dhún a súile móra gorma den uair dheireanach chonaic sí coinnle lasta. Bhí ceann ar gach taobh di ach shil sí gur ag brionglóidigh a bhí sí. Bhí ceo ag titim ar a cuid súl agus shíl sí gur sa bhaile sa Rómáin a bhí sí. Í féin agus a máthair mhór ag tréadaíocht na ngabhar a bhí ar strae sa cheo. Chuala sí na meannáin ag méiligh díreach sular dhruid a súile.

Bhí sí marbh ach teas na colainne fós inti fiche bomaite ina dhiaidh sin nuair a d'fhill Caitlín agus Seosaimhín. Bhí siad beirt nocht agus dhá scian, ceann i gach lámh léi ag Caitlín, an scian bheag bhán ar a dtugtar an 'boline' agus an scian mhór dhubh, Scian na hAchainí. Bhí leabhar ina láimh ag Seosaimhín, é oscailte aici ag leathanach a raibh comhartha réaltógach na draíochta léirithe ann.

Tharraing Caitlín ciorcal ar an urlár leis an 'boline', a raibh an leaba agus an corp istigh ann. D'fhág sí an 'boline' uaithi agus thóg an Scian Dhubh ina láimh chlé tar éis di siúl de chasadh tuata thart ar imeall an chiorcail. Tharraing sí stríoc ar chraiceann an choirp, gan an craiceann a bhriseadh, ar nós stríoc bhán, leis an áit a mharcáil.

Thosaigh sí ag boinn na gcos, chuaigh suas an lorgán agus an más, suas an droim thar na slinneáin gur chas sí anuas thar an ngualainn agus an brollach. Lean anuas an bolg agus na glúine gur shroich sí bonn na gcos athuair. Chas dhá cheann na líne ar a chéile agus go raibh an ciorcal dúnta.

Ansin thóg sí an 'boline' arís agus thosaigh ag gearradh an chraicinn go cúramach, ag cloí leis an líne bhán go raibh an ciorcal iomlán gearrtha aici. Ansin mharcáil sí líne eile a bhí comthreomhar leis an gcéad cheann go raibh stiall chraicinn ar leithne ordóige gearrtha aici as an gcraiceann. Thóg sí liobar beag craicinn go cúramach ansin leis an scian, oiread is a thug greim méire is ordóige di air ach gan an ciorcal a bhriseadh. Tharraing sí anuas ón gcorp é mar a d'osclófaí 'zip' ar gheansaí nó ar chóta. Sular bhreac an spéir thoir bhí Maria ina leaba mhara idir dhá uisce.

V

Oíche Dhomhnaigh agus Maidin De Luain: An Fear Crochta

Bhí ócáid cheiliúrtha ag Muiris is ag Íde, ach nach raibh suaimhneas intinne ná baol air ag Muiris. Bhí a mhargadh déanta agus bheadh air cloí leis anois. Míníodh dó go soiléir mar a tharlódh dá rachadh sé ar lorg a thóna sa mhargadh. Cuireadh fainic air gan dul sa seans mura raibh sé cinnte, ach thóg sé an chéim chinniúnach agus bhí sé gafa.

Mar sin féin rinne sé a dhícheall ligean air féin go raibh sé sna flaithis le háthas. Thóg siad cith folctha le chéile, rinne siad a mbricfeasta in éineacht le chéile agus luigh siad ar an tolg i mbaclainn a chéile ag cothú macnais ina chéile. Mhéadaigh an teannas iontu oiread go raibh an bua ag an gcíocras collaíochta sa deireadh.

Anonn sa tráthnóna, áfach, nuair nárbh fhéidir le Muiris an míshuaimhneass intinne is an t-aiféala a bhí air a fhulaingt a thuilleadh, rinne sé leithscéal go raibh air dul chun an tsiopa le páipéar nuachta an Domhnaigh a fháil. Thug sé leis an carr is níor stad go raibh sé ag an siopa beag 'An Mhalairt Slí' sa chúlsráid. Bhuail sé cnag ar an doras. Ba ghairid nó gur léir dó dá mbeadh sé ag cnagadh go deo na ndeor nach mbeadh freagra le fáil.

Bhí sé cinnte dá rachadh sé chun cainte le Caitlín nó le Seosaimhín go mbeadh cluas thuisceanach acu dó. Ní fhéadfadh sé barraíocht ama a chaitheamh gan amhras a chruthú in Íde. Ní raibh sé ach ag ceannach nuachtáin, nó sin a shíl sí. D'iompaigh sé an carr agus thug a aghaidh ar shiopa na bpáipéar. Le cois na bpáipéar cheannaigh sé buidéal fíona d'Íde cé go raibh an teach lán di cheana féin.

Nuair a bhí a ceathair nó a cúig de ghloiní fíona ólta ag Íde, agus gan ólta aige féin ach ceann nó beirt, bhí sé ag tarraingt suas ar leathuair tar éis a haon déag. Bhí gloine Íde folamh arís agus í breá súgach. De réir mar a bhí sí ag éirí meisciúil bhí a cuid cainte ag éirí níos gáirsiúla, mar aon lena hiompar.

'B'fhéidir gur maith an smaoineamh anois an leaba a bhaint amach', arsa Muiris go séimh.

Rug sí greim ar chúl a mhuiníl, agus tharraing chuici é gur phóg sí a bhéal go díograiseach.

'Imigh thusa suas agus faigh réidh. Beidh mise thuas le gloine eile duit gan mhoill'.

Chuidigh sé léi éirí ón tolg agus dhírigh i dtreo bhun an staighre í .

Nuair a chuala sé í sa seomra os a chionn bhain sé an clúdach as a phóca go bhfuair sé an capsúl glas. D'oscail sé blaosc an chapsúil agus dhoirt an púdar bán isteach ina gloine ag líonadh na gloine leis an méid fíona a bhí fágtha sa bhuidéal.

Mhúch sé an teilifís agus soilse an tí agus chuaigh suas chuici. Sa seomra folctha thóg sé an táibléad gorm eile a bhí fágtha sa chlúdach páipéir. Nuair a d'fhill sé uirthi bhí an gloine tráite agus í idir chodladh is dúiseacht. Bhain sé a chuid éadaigh de go tapaigh agus chuaigh isteach sa leaba ag a taobh. Bhí áthas air a fheiceáil go raibh sí nocht sa leaba, rud a bheadh ina chuidiú níos moille. Nuair a mhothaigh sí é sa leaba chuir sí a mása fada trasna a choirp ag iarraidh dul in airde air. Bhí an iomarca ina héadan, áfach: an druga, an mheisce agus tuirse an lae á tarraingt síos isteach i réimse na mbrionglóidí. Thit sí síos ina háit féin sa leaba arís agus bhí sí ina cnap codlata san áit ar thit sí. Bhí tionchar na ndrugaí le tabhairt faoi deara ag Muiris féin. Mhothaigh sé a dhúil ag méadú agus rinne iarracht smaointe a chothú a chuirfeadh moill air. D'amharc sé ar an gclog leictreonach a bhí ag caochadh i ndorchadais an tseomra. Bhí sé cúig bhomaite don mheán oíche.

Tháinig creatha fuachta air nuair a smaoinigh sé ar a raibh le déanamh aige. Bhí an t-allas fuar ina rith leis sa leaba. Shín sé anonn a lámh gur chuimil sé aghaidh Íde a bhí ina suan codlata ag a thaobh. 'Maith dom é', ar seisean amach os ard, agus bhí crith ina ghlór agus é ag cuimilt a leicinn go bog séimh. Leis sin chuala sé clog an dorais á bhualadh uair amháin. Bhí uair na cinniúna tagtha. Ní raibh dul siar ann anois, má bhí riamh ó rinne sé an margadh damanta sin Oíche Chéadaoin.

Tharraing air róba agus chuaigh síos is lig isteach an bheirt bhan. Níor labhair ceachtar acu ach nuair a shroich siad an seomra codlata rinne siad comhartha leis an róba a bhaint de. Chaith siadsan na cótaí móra a bhí á gcaitheamh acu ar chathaoir. Baineadh geit as Muiris nuair ba léir dó go raibh siad beirt nocht faoi na cótaí. Chuaigh Caitlín go taobh na leapa agus tharraing éadach na leapa síos go bun agus lig dóibh titim ar an urlár. A fhad is a bhí seo ag tarlú thug Muiris faoi deara Seosaimhín ag amharc is í ag lasadh péire coinnle dubha, ceann ar gach taobh den leaba a raibh a bhean chéile ina luí nocht inti. Nuair a d'amharc sé síos ba léir dó cúis a fiosrachta. Bhí tionchar na dtáibléad gorm faoi lán seoil. Tháinig Seosaimhín anall agus phóg a bhéal. Nuair a bhí sise réidh leis phóg Caitlín é mar an gcéanna. Cuireadh as solas an tseomra agus ba thaibhsiúil an t-atmaisféar a bhí sa seomra.

Chuaigh Caitlín chun an mhála dhuibh a bhí á iompar aici agus thóg amach scian mhór dhubh a d'aithín Muiris mar 'Scian na hAchainí'. Rinne sí ciorcal tuata san aer thart ar an leaba, ag rá focal inteacht faoina hanáil. Chuaigh Seosaimhín chun an mhála dhuibh agus thóg amach sreangán fada ciorclach de rópa a raibh ribíní síoda corcra buí is glas casta air. Bhí sé tuairim is deich dtroithe ar fad ach nach raibh briseadh ar bith ann. Thosaigh siad á fheistiú ar ghéaga Íde. Thug siad comhartha do Mhuiris cuidiú leo. Chuir Caitlín cogar ina chluas nuair ba léir di nach mórán foinn a bhí air páirt a ghlacadh san obair seo

'Is é seo an Buarach Maoith', ar sise. 'Le léiriú go bhfuil tú i ndáiríre caithfidh tú lámh a bheith agat ina cheangal'.

Ní raibh Muiris riamh ina shaol chomh beag i ndáiríre nó i bhfabhar ruda is a bhí sé dul ar aghaidh leis an ngeamaireacht seo. Ní dúirt sé faic, áfach, ach chomhoibrigh leis na mná in éadan a thola.

Cuireadh ar a dhá mhurnán é i dtús báire, agus ansin thart ar chaol na láimhe clé. Ina dhiaidh sin faoina muineál, síos agus thart ar an lámh dheas. I rith an ama seo bhí Seosaimhín ag léamh as leabhar mór dubh a raibh comharthaí draíochta air agus Caitlín ag aithris achan fhocal ina diaidh:

'Is é seo Ceangal na gCúig gCaol a chuirim ort, a fhágann faoi chúram an Tiarna Ghil thú, aggabaal, aggabaal go deireadh an tsaoil a fhad is a bhíonn an ciorcal gan bhriseadh beidh tú faoina chúram ,aggabaal aggabaal'.

Chuir Caitlín a lámh ar dhroim Mhuiris le huchtach a thabhairt dó agus d'iarr air dul sa leaba lena bhean agus caidreamh collaí a bheith aige léi. A fhad is a bhí Muiris á dhéanamh seo bhí na mná ag ceol go híseal sa chúlráid:

'Éist linn, a Thiarna Ghil, impíonn muid ort a theacht isteach sa chúpla seo trí chumhacht d'fhocal aggabaal, aggabaal'. Bhí a súile druidte acu agus iad mar a bheadh siad faoi thionchar éigin, amhail is nárbh é a gcorp ná a n-intinn a bhí á stiúradh.

Nuair a bhí a eachtra déanta ag Muiris, bhain Caitlín an Buarach Maoith de ghéaga Íde agus chuir isteach sa mhála é.

Nuair a bhí siad ag fágáil chuaigh Muiris a fhad le doras an tí leo. Phóg siad beirt athuair é agus thug sé an clúdach litreach dóibh a raibh seic míle euro istigh ann mar a bhí socraithe acu.

Shín Caitlín mála plaisteach isteach ina láimh.

'Cuir sin i bhfolach sa leaba', ar sise.

Thóg Muiris an mála uaithi is sháigh isteach ina mhála oibre a bhí ag a thaobh ar an tábla beag sa halla é.

'Oíche mhaith daoibh', ar seisean.

Chuaigh sé ar ais a luí agus chodail sé go míshuaimhneach, ag brionglóidigh ar dheamhain a raibh ainmneacha coimhthíocha orthu is ar mhná a raibh cluasa agus crúba ainmhithe orthu is iad ag magadh faoina acmhainn ghnéis.

Chuala sé clog ag gligín is rinne a dhícheall neamhiontas a dhéanamh de, ach ní stadfadh sé. Mhúscail sé agus d'éist sé arís: an fuaim a bhí ann i ndáiríre, nó an é go raibh sé ag brionglóidigh? Chuala sé arís é. Clog an dorais a bhí ann, agus duine inteacht a raibh fuadar faoi á bhrú. D'amharc sé ar an gclog leictreonach. Bhí sé ceathrú tar éis a seacht. D'éirigh sé agus chuir air a róba agus péire bróg agus chuaigh síos go bhfeicfeadh sé cé a bhí ag tógáil scaoill faoin am seo de mhaidin.

Bhí beirt fhear ar leac an dorais agus seachas a bheith ina mbrionglóid bhí siad ann lándáiríre. Cótaí móra a bhí orthu, hata ar an duine ba shine acu, ceann mór gruaige ar an bhfear eile. An carr a bhí leo páirceáilte ar thaobh an bhealaigh.

'Is mise an Cigire Ó Ceallaigh', arsa an fear ba shine den bheirt, 'is é seo an Sáirsint Ó Duibhir. Ba mhaith linn comhrá a bheith againn leat faoi eolas ar bith atá agat faoi dhúnmharú Mharia Bondel'.

'Maria cé?', arsa Muiris, ach ina chroí istigh bhí a fhios aige go raibh a chosa nite. 'Níl aithne agam ar dhuine ar bith den ainm sin'. Shín an cigire a lámh isteach is thóg mála Mhuiris den tábla beag. Leis sin scairt Íde ó bharr an staighre ag fiafraí: 'Cé atá ann, a Mhuiris?'

THE MAN WHO LOVED HIS WIFE

I

Monday Evening:
The King

Muiris knew as soon as he crossed the front door threshold that she was gone.

He recognised that deathly lonesome feeling that he was already getting used to throughout the house. He threw his briefcase in the hall and his keys on the little table beside the phone. The house was still.

No one shouted 'who's there', he heard no door squeak or even a radio murmuring in the background.

He began to climb the stairs making as much noise as he could, being deliberately ponderous in the laying of his feet on the stairs. Halfway up, he shouted out 'Idé, I'm here', but he knew in his heart of hearts that he was talking to himself. Not only was she absent in person, he felt the absence of her spirit – even though the wardrobes were overflowing with her skirts and suits.

He went into the bedroom. The big bed was as she had left it that morning. He looked in the bathroom – the basin and shower tray were dry. He returned downstairs, looked quickly in the kitchen. All was normal. The washing machine full of wet clothes, too normal. The kitchen looked like one of those demonstration kitchens one sees in department stores to attract customers.

He threw himself in an armchair in the sitting room and pressed a button on the remote control. He felt devastated. It was beginning to appear that his greatest fear, that which he didn't even allow himself to contemplate, the menace that he had tried to clear from his mind, was now upon him. His thoughts were milling through his mind, unsettling him.

A picture appeared on the screen, the sound muted as he had left it that morning. The news from TG4 was on, the newsreader stared at him through a pair of dark-framed spectacles, directing his gaze to the newsreader's eyes. The were looking straight at him, dark and foreboding he imagined, the eyes pretending to be full of pity for him, but really mockingly disrespectful.

He pressed a button to increase the sound. He felt that the eyes and the words he heard were like a pair of needles piercing the pith of his soul.

'Aren't you the laughing stock, Muiris Uí Nia! Your father, the old solicitor, knew that. Wasn't that why he left you in charge of that auctioneering business, which was on its last legs even then? He knew you were good for nothing else. His opinion of you was nothing, of course, compared to the way the lady barrister Idé has abused you. A young woman at the peak of her career tying herself to an old lad with a business which is nothing but a pastime'.

'Isn't it pitiful and melancholic to see a man who can't manage his wife, her about the country partying with young men, her young nubile body impatient due to the famine she suffers from her husband. He thrown aside like her old underwear'.

Muiris raised the remote control back behind his shoulder and threw it across the room in the direction of the television screen. It didn't find the target, but sailed out over the television to the wall behind where it fell to the floor in a thousand pieces.

Muiris laid his head on the side of the chair and cried bitter tears, softly and painfully until he was sound asleep.

When he awoke the house was dark. He listened, but as far he could tell he was alone. He went out to the kitchen, splashed a few handfuls of water from the kitchen tap on his face and dried himself with the tea towel.

On his way out he collected his keys off the hall table and pulled the door behind him.

He parked the car on the side of the street in Prospect Hill and walked across the road to one of those pubs frequented by tourists. He deliberately chose a house which didn't have too many lights. As he entered, the jukebox was blaring out a country song in competition with a Spanish soccer match on the television. He dragged his body onto a tall stool and ordered a half of whiskey.

'On your own tonight again', said the barman when he returned with his drink, though Muiris had never laid eyes on him previously.

'Throw over another of those', said Muiris. He almost added 'and mind your own business' but instead bit his tongue.

The second drink was gone as soon as it was served. He drank a few more until he lost count and lost interest in life soon afterwards.

He didn't know what time he arrived home, as if he were swimming in the drunken haze of some unworldly land. Even in his inebriated state he managed to negotiate the stairs and fell into his bed in the spare room. He thought of looking into the main bedroom to see if Idé was there, but he thought better of it knowing it that if he woke her there would be hell to pay.

He awoke to a ringing sound annoying him. He turned a few times in the bed and pulled the covers over, but it was no good. The ringing was wrecking his head. He sat up and silenced the alarm.As he swung his legs out and raised himself to his full height, his head felt as if a hundred hammers were attacking his brain.

When he reached the bathroom he held his head under the stream of the shower in an attempt to get some relief. Right enough this helped him more or less, but still he felt he wouldn't attempt the stairs. He threw himself on the bed again. He looked at his watch but couldn't discern whether it was ten minutes past seven or twenty minutes to ten. A flood of light was brightening the window blind and he supposed that it was a while after sunrise. He reached for his phone and managed to dial the numbers which connected him with Declan's mobile phone.

'Declan', he said.

'Yes'.

'Muiris here'.

'I know'.

'I have an early appointment today so I won't be in the office until lunchtime'.

'Right, fair enough'.

'Declan?'

'Yes'.

'What's the time now?'

He could hear some shuffling on the other end of the line, and a woman's voice saying, 'don't stop, don't stop'.

'A quarter to three, Muiris'.

'In the morning?'

'Yes, Muiris, in the morning'.

'O, I'm sorry for having annoyed you, I couldn't see the clock properly, Declan, Declan', but the line was dead.

He went to the window and raised the blind. He now saw that it was the street lights which had been illuminating the blind rather than the sun. He threw himself again into bed and went to sleep.

When he awoke again the blind was raised and the sunlight now truly streaming into the room.

Thinking back that morning, he couldn't remember much from the previous night, apart from little irregular insights which flitted through his memory. He remembered talking to some woman, but couldn't recall who she was. He recalled scenes from along the road, the car headlights lighting the furze bushes along both sides of the road, and he recalled how difficult he found it to stay between them. Any meaningful memories however he couldn't recall.

He lay in bed for a while contemplating what was happening to him and what he could do about the problems between himself and Idé. Was she avoiding him? It was now three days since they had last met. He glanced towards a photograph on the chest in the room, one of those large colour photographs which are taken of wedding groups.

Though it had been only eight years ago, a few people from that photograph had already passed away. Many of them were his friends, those who had been in his class at school, those who were about his own age. His own hair was white grey even then, and she smiling cheerfully in her bridal gown by his side. What was he thinking, from the first day ever? What kind of self-interest or tribal pride was inherent to make him think that a girl twenty years his junior would be interested in spending her life with him? Wasn't he a ripe old man, his best days gone, she bursting with desire and need, her womb screaming out for want of motherhood? He well understood her feelings, his own hormones had screamed once, long ago, but even so there was little he could do for her.

Even now he felt he had few choices. He had admitted to himself that their marriage was in trouble. She was young and had many alternative courses of action. Unfortunately the same couldn't be said for himself.

He felt that desperate measures would be required to save his marriage. He could, for instance, secretly choose a young man for her who would take his place in the marriage bed, so long as the young man could be trusted to avoid any further involvement. He could, of course, ignore her present bout of high spirits and wait until she tired of the game. He could burn his bridges entirely, of course, and put a permanent end to this pantomime in which they both had been taking part for some time now.

But he wouldn't do that, the third choice. He had become too dependent on her, felt he couldn't survive long without her, that she was one of the few remaining positive elements of his life. He would take any course of action to avoid the third choice.

He thought he could hear a bell somewhere, he had been so caught up in his own thoughts that he couldn't pinpoint the source of the sound. Suddenly he realised that the sound was coming from his mobile phone.

'Muiris Ó Nia here', he said pressing a button on his phone.

'Muiris', it was Declan.

'Yes, Declan'.

'You won't believe what I have just done', his voice brimming with excitement.

'You have sold the golf course', this was a area of bog land which Muiris had taken on to offer for sale years ago which had never reached the asking price, and which was now a source of laughter in the office.

Declan laughed a little before answering, 'Muiris, Muiris, be sensible, I didn't, but I did sell the Ó Ceallaigh property and I got three thousand above the asking price.

'Congratulations, Declan, good man', said Muiris, 'that devil of a thing was long enough on the books'.

'Two years last April', said Declan proudly.

'I will be in the office at lunchtime and we will discuss it further'.

'Incidentally, how did your meeting go, Muiris?' the question took him by surprise.

'Agh, damn them, they didn't keep the appointment, they rang me earlier this morning to cancel'.

'That's the way', Declan said doubtfully.

'Yes, well that's how it is, I will see you later. 'Bye now, Declan'.

'Goodbye'.

He chose a shirt and a fresh suit from the wardrobe, but continued thinking about Declan and the Ó Ceallaigh property.

That was another reason that his third choice was nonsense. Idé owned half the business.

The best auctioneering business in Galway City, his inheritance from his late father, God be good to him. Divide it in two, I don't think so! But what about Declan, he mused? He didn't remember the same Declan being so enthusiastic or proud of his work previously. Something was definitely firing him up, but what could it be?

He remembered the phone call early that morning, how anxious Declan had been to get rid of him, the female voice he had overheard on the phone saying, 'don't stop, don't stop', the phone suddenly hung up, and now this, the Ó Ceallaigh property sold at three thousand over the asking price. Definitely, he thought, Declan was worth watching.

The traffic, as usual around lunchtime, was horrible in the city centre. He was stopped at the traffic lights at Eyre Square when he got the text message. It was Idé: 'BUSY WITH COYLE V MCDERMOTT ALL DAY. STAFF MEETING TO NIGHT AT 6:30. WILL BE LATE'.

He understood how busy a senior barrister's schedule could be, but even so, he suspected that she was avoiding him.

Despite the traffic he arrived at the office before two o'clock. When he attempted to enter his private parking place which had his name painted on the wall opposite, there was another car there before him. As soon as he got his first glance of the sporty little red runabout, he knew it was her. He couldn't believe it and drove right up to the back of the car and read the registration number. He was as a man struck by lightning, his mind in turmoil, his blood running cold through his body. He reversed the car back to a place where he couldn't be seen from the window. He needed thinking time. Was she alone with Declan in the office? Was there something between them? The female voice he had overheard on Declan's phone saying 'don't stop, don't stop' came back to haunt him. What was he to do now that was the question? Go in and perhaps catch them in the act, or go away and suffer the tortures of frustration and doubt he felt piling up within him?

Suddenly the decision was taken from his hands as he heard the deep throated roar of the little car echoing in the yard behind him. He quickly reversed into a lane where he would be hidden. He was barely out of sight when he saw the vision of red going past at speed and listened to the scream of engine until it was out of earshot.

When he went into the office Declan was seated at his desk writing. He stood when he noticed Muiris. Muiris went directly to him, his hand outstretched. They shook hands silently. Muiris put his arm around Declan's shoulders.

'Congratulations again, lad, you have done the business at last', he said cheerfully.

'Thank you, Muiris', Declan said quietly. 'I suppose I will be expected to repeat the sale every week from now on'.

Muiris laughed and landed a punch half in play on his shoulder muscles.

'Incidentally, did we have visitors', said Muiris indicating the two empty coffee cups on the desk.

'I drink a lot of coffee', said Declan defensively.

'I thought perhaps you had your coochie-coo here before I came in', Muiris said mockingly.

The hint didn't seem to bother Declan. 'Wouldn't I be the lucky one', he said reticently.

II

Tuesday Morning:
The Queen

Idé was in the sweet dreams of morning when the phone woke her. She shot upright and raked through her bag which was by the bedside.

'Yes', she said in a voce which still belonged to the realms of sleep.

'Good Morning, Idé. Cyril here'.

'Ah, hi Cyril. Is everything OK?'

'Just that we were beginning to worry here, but if you're on your way ...'

Idé looked at the clock, it was a quarter past ten.

'Yes Cyril, I am on my way, thank you'.

'OK so, it's just that Coyle v McDermott is on the board for eleven ...'

'Yes Cyril, I understand, I'll be there shortly'.

'Bye'

'Bye, Cyril'.

She leapt from the bed like a steeplechaser as soon as she had muted the phone. Today was not a day for lateness.

She found her bra under the bedcover where she had thrown it last night, when she arrived home exhausted from a difficult day. She left it there and chose fresh underwear from her drawer.

She released her g-string and walked out of it, pulled one arm from her tee shirt and single-handedly removed it over her head while she turned the shower on with the other hand. A quick jump under the warm shower, a brisk rub down with the big white towel and into her clothes in almost one seamless movement.

At this time of day the street was full of those large trucks that deliver to shops.

She looked at her watch, a habit which she was trying to break as it only added to the tension and panic. It was twenty minutes to eleven. She imagined the Judge, Liam the old reprobate, whom she had known for years, looking at her over those pince nez he was given to wearing. 'Are we keeping our learned friend from her beauty sleep?', he would say or some such cynical remark.

As it happened she reached the courthouse with ten minutes to spare. As she parked the car she noticed two groups of men standing there. On one side of the steps at the big main door were a group of senior Gardaí in uniform as well as a couple of detectives, some of whom had brown file folders under their arms. On the other side stood four or five civilians, relatives or witnesses for the accused in some cases to be heard later, they smoking cigarettes and laughing. When she swung her long legs out of the car she noticed the heads turning towards her. She was used to male reactions to her figure by now, ignored them and made her way to the defence attorney's rooms, passing the time of day with the young Garda on duty at the front door. The team were all there. Cyril rushing hither and thither organising the witnesses, Peadar as calm and cool as an ice block, arranging her papers in running order.

This case which dealt with a dispute over a land division, had been going on for a number of years now and they had accumulated a large amount of documentation in files and folders relating to it.

'McDermott's solicitor is waiting in your office', Peadar said. 'Roise is in there keeping him company'.

'O, thank you Peadar', she said going directly to the office door.

The solicitor stood when she entered and offered his hand.

He was from a country town in Roscommon, about forty years of age perhaps, a fit well-built man, his skin nicely suntanned. If she was honest with herself, many times since she first met him she thought that if she were free … but that's another story. She shook his solid, confident hand, 'I think we know each other long enough now to dispense with formalities', she said. 'If I call you Seán, could you call me Idé?'

'O sure', he said, a large smile breaking on his face revealing his gleaming white teeth.

'Thank you, Roise, you may return to your own work now', she said to the office girl.

They went into the courtroom as was arranged, arguments were traded to and fro as usual. The day passed slowly, boringly, progression happened in its own time, the big wheels turning, grinding slowly and carefully, grinding minutely.

At one o clock the clerk of the court announced a cessation of an hour and a half for lunch. Idé and her team went to a restaurant near the courthouse. As they were waiting for their meal, Idé thought of Muiris, and remembered. This restaurant was the place they had shared their first meal together. They should do that more often, she thought. Was the romance going from their relationship? Was romance going from life in general for that matter?

Idé had a plan. Muiris had a birthday coming up the following month. She was concerned that he appeared to be under a cloud for some time, drinking too much, staying in his own room at night, avoiding her because of the drink she guessed.

Wouldn't it be nice to organise a dinner for him, secretly. She went over to the manager's office in the restaurant and reserved three tables for the night of the twelfth of August.

When she returned to her table she confided to her staff what she had just done and warned then to keep it secret.

She was about to make a telephone call to Declan to request his cooperation, when she remembered she might as well tell him personally, as there was a document she needed from the office in any case.

She went directly back to the courthouse to collect her car and didn't stop until she was sitting in the office with Declan. As she reached the office she remembered to send another text to Muiris to keep him from the office. If he knew she was there he would be in like a shot to see her and she needed privacy to discuss the dinner arrangements with Declan. They were having a cup of coffee, when she noticed the big black Mercedes crawling into the car park.

'I had better be going', she said, 'don't tell him anything about the plan'.

When she reached the car park she was amazed to find no trace of Muiris there, though she had seen him clearly two minutes previously.

She went directly back to the courthouse where she spent the remainder of the afternoon. When they had their evening meal in a restaurant the team returned to the offices of Ó Neachtain, Ó Nia, Clohessy and Co. The company had been founded by Muiris's father in partnership with Timlin Ó Nia. David Clohessy a nephew of Ó Nia had come in later and when Muiris's father passed away, it had been Idé who filled the vacancy.

The staff left after the team meeting, but Idé stayed in the office until after nine attending to urgent paperwork which would be required next day in court.

When she arrived home the house was in darkness. Muiris's bag was in the hallway and his work clothes on the end of the bed. She had a shower and made herself a mug of chocolate and sat down to watch perhaps three quarters of an hour of television before bed. She searched for the television remote controller but couldn't find it. She went over and pressed the button on the television set. The television screen illuminated, but it was on the wrong channel and she had to go back and press another button to change the channel.

Aggh! She screamed as she raised her bare foot from the carpet. She felt as if something had stabbed her foot. She sat on the sofa and examined her sole, a long spike of black plastic had pierced her skin. She grasped it and pulled it from her foot. She then recognised what it was, a piece of the television remote control. She found the remainder of it on the floor behind the television.

She was now frightened, and she realised that Muiris's problems were much more serious than she had previously thought.

III

Tuesday Night:
The Knave

The 'Eala Dubh' was full to the doors when Muiris walked in. Just inside the door was a long bar at which the patrons were queuing three deep. Other groups of people stood around the long room drinking and chatting.

Along the wall were ranged wooden benches, some with seating for two and some for four. Away at the back of the room behind the crowd there was a dancefloor and a band playing. Most of the benches along the wall were occupied, but he spotted one seat vacant at a two seater.The other seat at the bench was occupied by a lady and he supposed that her male partner would be back to claim the other seat.

He found a space in the queue at the bar and ordered a pint of beer. The pint was at his lips as he took his first sip when he noticed that the seat was still unoccupied.

Over he went and asked the woman if the seat was taken.

'No', she said, 'sit there if you wish'.

Muiris sat there taking the occasional sip of his beer and now and then taking a good look at her.

She was perhaps about forty years of age or in her late thirties at least, long hair as black as a raven's wing tumbled down her back. She wore a red topless dress with a little shawl of a material which looked like silk around her bare shoulders and neck.

'Were you waiting for somebody', enquired Muiris.

'No indeed', she replied, 'Caitlín was sitting there, my friend you know, until some man asked her to dance'.

'Will she not return', said Muiris.

'I don't think so', she said a smile spreading on her face,'Caitlín has a special magic for the men'.

'You look pretty magical yourself tonight'.

'Ooh', she said half joking, 'aren't we romantic tonight'.

He felt his face and ears blush, something he hadn't experienced since he was at school. He was taken aback and neither of them spoke for a while.

'Don't you dance yourself', he said when he had regained his composure.

'I do', she said, 'but unless I do a solo jig …'

Muiris reached out his hand to her, she got up and they made their way to the dancefloor. It had been a long time since Muiris had danced, and twice as long since he had danced with a woman other than Idé. They were careful of each other to begin with, a bit awkward, but as he took her in his arms she pressed into his chest and he felt the warmth and tensions of her body.

'I am Muiris', he said, 'what's your name?'

'Oh, I beg your pardon', she said. 'I am Seosaimhín'.

When they had danced she brought him by the hand to a table on the edge of the dancefloor where he met another lady.

'This is Caitlín', she said. 'Caitlín, this is Muiris'.

Muiris shook her hand and they both joined her.

Muiris ordered a round of drinks and they sat together chatting and smoking cigarettes. They grew more gregarious and more inclined to talk as the drinks and the hours multiplied. Eventually Muiris confided in them his innermost secret, in which he related the true state of his marriage.

They were both extremely sympathetic and understanding.

'Intolerable. How do you tolerate such a life?' said they.

'But', said Muiris, 'what can a person do?'

'Well', they said. 'You could come home with us tonight and we could give you a remedy'.

'Really? I see. Well OK', said Muiris, though he wasn't convinced and regarded their invitation as a seduction trick.

Half an hour later three shadowy figures could be seen wending their way down a dark side street. They were linked in each others' arms, the two smaller figures on the outside kissing and caressing the larger one in the middle.

They arrived at the black door of a little shop on which the name 'An Malairt Slí' was emblazoned in letters of gold and displayed above the window. Beneath in smaller letters were the words, 'Herbs, Natural Remedies & Charms'. Following a period of fumbling with keys the door opened and a parallelogram of yellow light replaced it.

The three figures disappeared into the light, the door closed and the street returned to darkness.

As Muiris departed in the haunted hours of the night his head was whirling from the secrets of sorcery which had been shared with him and the practices of black magic he had been taught by his new friends.

IV

Saturday Night and Sunday Morning: A Pair of Spades

It was a grey stormy morning, dark sullen grey-green clouds raced across the sky. Heavy downpours of rain swept in from Galway Bay, leaving gushing currents in the street gutters and the bleak concrete walls of the docks area soaked and miserable looking. The piercing east wind whistled in the power cables and among the rigging of the boats huddled by the harbour wall.

Stiofán O Ciara was, as was usual on a Sunday morning, out walking his dog. Both of them sheltering in the doorway of a large warehouse on the edge of the dock, the little dog running hither and yon as little dogs are inclined to do. Suddenly the dog began to run to and fro at the very edge of the dock barking unceasingly.

'Lie down Trixie', Stiofán yelled, 'and have some manners'.

But the dog refused to budge and continued to bark excitedly at the water's edge.

When the shower passed Stiofán went over to the dog to see what was the matter. He was shocked when he looked down into the polluted brown water slapping against the wall of the dock.

He saw the body of a young girl. Her long blond hair filthy from the refuse and sewage of the docks fanned out in the water like the hair of a mermaid. The gardaí and the emergency services were called, soon the quiet harbour was busy with vehicles, a colourful circus of flashing lights slowly turning and painting the dour morning dock, the polluted brown water and the sullen grey Sunday morning with exuberant splashes of light.

At about the same time Muiris was fast asleep in his little room at the top of the stairs, when the tinkling of the phone woke him. It was now one week since he slept in her bed and eight weeks since they had been joined in love or even kissed or held each other in a loving embrace.

Rubbing his eyes he reached out for the phone.

'Yes', he said.

'Shush, its me', said a female voice.

'O, good', he said quickly in case Idé overheard.

'Midnight tonight', said the voice, 'be prepared'.

'Goodbye', said Muiris.

The plan was settled and the arrangements in place, he knew what he had to do, even though he had pangs of uncertainty now that the fateful hour was almost upon him.

They had promised him that it was a certainty, that after the event, his wife would be back with him as she used to be. That they would be as much in love and desire each others' bodies as they did on their wedding night. He opened the brown envelope, inside he found two small blue tablets and a green capsule, one for taking now and one for tonight. The green capsule was for Idé. He put the tablet in his mouth and drank a mouthful of water from a bottle by the bedside. He peeled off the tee-shirt he wore to bed and his shorts. Bare naked he walked across the landing to Ide's room.

She was sitting up in bed, two pillows at her back reading a woman's magazine when he walked in. Though she was obviously taken aback, he was surprised how easily she accepted him when he kissed her. She didn't object either when he pulled her tee-shirt up, removed it over her head, and laid hundreds of little kisses on every inch of her body. She pulled him toward her, ravenously caressing him with her smooth hands, driving him wild with desire.

When an hour of wild passionate giving of their bodies had passed between them Muiris knew that he was in trouble. He had made the greatest mistake of his life.

He realised that the unfaithfulness and other traits he ascribed to her were products of his own twisted jealous mind. That the jaundiced oblique view of the world he saw himself in was in his own eyes only.

He tried to phone the number on the card he had been given, but as he expected, all he could hear was the ringing phone echoing unanswered in his ear. He knew now he had played his hand and that the game now depended on a pair of knaves.

Maria, for that was her name, was wearing a black skirt when they dragged her body from the dirty brown water of the docks that Sunday morning. She wore no other clothes. The Gardaí put her in a body bag and brought her to the morgue.

She had left her small-town home in Romania six weeks previously to travel to Dublin, where her childhood sweetheart, her fiancé waited for her. He had worked for two long years as a kitchen slave in a Dublin restaurant to earn the two thousand Euro required by the people who would bring her safely to Dublin. All is never as it seems of course, and Maria found herself not reunited with her sweetheart, but in a brothel on the banks of the Liffey.

'The money wasn't paid', they said when she enquired.

'One month', they said, 'working for us and you will be free to join your lover'.

One month passed, but there was another problem.

'You didn't earn enough', they said, 'we will require another month'.

Before the end of that month Maria found an opportunity for escape. She caught a train to Galway and booked in, one night at a time, at one of the hostels around the city centre. She hung out at night in the pubs and music lounges, there were very few nights that she didn't find a man willing to abuse her body for a few notes or a meal or a piece of cheap jewellery. There were even a few women who were willing to take their pound of flesh and Maria didn't care much, providing a few euro changed hands which would bring her closer to being with the man she loved.

She was very happy that Saturday night when two beautiful, prosperous looking women sat by her table in the 'Eala Dubh'.

She accompanied them home at the end of the night and they gave her a drink in the bedroom of their plush apartment. She felt very tired and she imagined the room was spinning when they laid her in their bed and helped her to get undressed.

Before her big blue eyes closed for the last time she imagined she could see lighted candles one to her left and one to her right, but she thought she was dreaming. Her eyes were becoming misty and she imagined she was at home in Romania helping her Grandmother find the goats in the fog. Just as she was closing her eyes, she heard the bleating of the goats.

When Caitlín and Seosaimhín returned twenty minutes later all life had gone from her body, but a little warmth remained. They were both naked and Caitlín carried two knives, the little white handled one known as the boline and the big black one called the Ataene. Seosaimhín carried a book, open at a page which showed an illustration of magic pentangles.

Caitlín drew a circle on the floor enclosing the bed and the body. When she had walked anti-clockwise around the circle, she laid down the boline and took up the Ataene and drew a stroke on the skin of the body not breaking the skin but drawing a white line to mark the cut.

She began at the sole of the foot, moved up the leg and thigh, up the back over the shoulder and back down the breast stomach and to the knee, then back to the starting point at the sole of the foot. She then took up the boline again and began cutting the skin carefully keeping to the line she had already marked, until she had cut the complete circle. She then marked a second line running parallel with the first until she had a strip of skin about the width of her thumb cut in the skin. She then carefully raised a flap of skin with the knife until she could grasp a section between thumb and forefinger. Carefully preserving the integrity of the circle, she ripped it from the body as you would open a zip fastener on your coat or cardigan. Before the eastern sky brightened, Maria was in her watery grave.

V

Sunday Night and Monday Morning:
The Hanged Man

Muiris and Idé had a celebration, even though Muiris was far from settled in his mind.

The deal was sealed and he would have to abide by it now. The consequences of reneging on the deal had been carefully explained, he had been advised to think carefully before committing himself, but he had taken the final step and was now trapped.

He tried his best to give the impression that he was in a paradise of happiness. They had a shower together, they breakfasted together and lay on the sofa in each others' arms romancing each other, increasing the tension and desire, which they assuaged in another bout of lovemaking.

Later in the evening, when Muiris could no longer tolerate the turmoil and the guilt in his mind, he made an excuse that he had to go to the shop for Sunday papers. He took the car and went directly to the 'Malairt Slí' in the back street and knocked on the door. Soon it became clear that he was wasting his time and accepted that no answer would be forthcoming. He was sure that if he could speak to Caitlín or Seosaimhín they would be sympathetic. He couldn't spend too much time in case Idé became suspicious, he was only out to buy a paper or so she thought. He turned the car around and went to the paper shop. As well as the papers he bought a bottle of wine for Idé even though the house was well supplied with drink.

When Idé had taken four or five glasses of the wine, he drank only one or two himself, it was nearly half past eleven. Ide's glass was empty again and she was quite merry, becoming more suggestive in her conversation and more playful in her behaviour.

'Perhaps now would be a good time to think about going to bed', said Muiris softly.

She grasped him by the back of the neck and drew him towards her to kiss him passionately on the lips.

'Go on up now and get into bed and I will be up shortly with a glass of wine', he said.

He helped her from the sofa and pointed her in the direction of the stairs.

When he heard her in the room above he took the brown envelope from his pocket and took the green capsule from it, he opened the shell of the capsule, poured the white powder in her glass and filled the glass with the remainder of the wine.

He switched off the television and the house lights and went up to join her. In the bathroom he took the remaining blue tablet from the brown envelope. When he returned to the bedroom her glass was empty and she was half asleep. He undressed quickly and slipped in beside her. He was pleased to see that she was sleeping naked, it would be useful later. When she felt him in the bed beside her she threw her long leg over his body and tried to slide on top of him, but the combined effect of the wine, the drug and the exhaustion of the day were against her and she slipped back onto her back and into the realm of dreams. Muiris could feel the effect of the drug on his own body, his desire was increasing and he tried to think thoughts to delay the inevitable.

He looked at the digital clock which was glimmering in the darkness. It was five minutes to midnight.

He felt cold and shivered when he thought about what he had to do, felt a cold sweat on his body as he lay in the bed. He reached his hand over to Idé who slept soundly by his side, 'Forgive me treasure', he said aloud and there was a tremble in his voice.

At that instant he heard the doorbell ring once. The fateful hour had arrived, there was no going back now, if there ever was since he made that hellish deal on Wednesday night.

He pulled on his robe, went down and admitted the two women. Neither of them spoke but when they arrived in the bedroom they indicated that he should discard the robe. When they took off their coats and left them on a chair, he was surprised to see were completely naked beneath them.

Caitlín went to the bed, pulled the covers off and left them on the floor. While this was happening, Muiris noticed Seosaimhín looking in his direction as she lit a pair of black candles on each side of the bed on which his young wife was stretched naked. When he glanced down to the area of her attention, he saw that the blue tablets were fulfilling their promise.

Seosaimhín came over to him and kissed him on the lips and when she had finished Caitlín did likewise.

Caitlín went to a black bag which they had brought and took out the Ataene. She made a circle anti-clockwise around the bed, all the time whispering some words to herself. Seosaimhín went to the black bag and took out a long circle of rope, which had been twisted around with silken threads of violet yellow and green, which was about ten foot long in its entirety and a complete unbroken circle. They commenced tying Idé's limbs with the rope. They indicated to Muiris he was to assist them. Caitlín whispered in his ear when she saw his reluctance, 'this is the Gentle Spancil', she said. 'To show that you are in earnest, it is expected that you assist in its tying'.

Muiris was never in his life less in earnest or as unwilling to be part of anything as he was to continue with this pantomime. He didn't object however and cooperated, albeit unwillingly.

They tied her ankles first, then her wrists and finally looped the 'Gentle Spancel' around her neck. While this was happening Seosaimhín was reading aloud from a black covered book which had images of pentangles and other magic symbols. Caitlín repeated every word as she said it.

'This is the Binding of the five Slenders in which I bind you and deliver you to the care and custody of the Lord Gil, aggabaal, aggabaal, to the ends of the world while the circle remains unbroken, aggabaal, aggabal'.

Caitlín laid her hand on Muiris's back to encourage him and asked him to join his wife in the bed. While Muiris was doing this duty the women were singing softly in the background.

'Hear us Lord Gil, we implore you to come into this couple by the power of your word, aggabaal, aggabaal'.

When Muirís had completed his task, Caitlín untied the Gentle Spancel from her limbs and put it in a bag.

Afterwards Muiris accompanied the women to the front door, they both kissed him again and he gave them an envelope which contained a cheque for a thousand euros which was part of the deal. They left the bag containing the Gentle Spancel and directed him to put it under the mattress in the bed. Muiris put it in his briefcase on the hall table beside him.

'Goodnight ladies', he said.

He went back to bed to a restless sleep dreaming of demons with horrible names, of women with animal ears and hooves, who begged for his kisses and laughed at his sexual prowess.

He faintly heard a bell tinkling, but decided to ignore it, but it wouldn't stop. He awoke and listened again. Was it a real bell or had he been dreaming?

Then he heard it again, it was the doorbell and somebody was in one hell of a hurry pushing it. He looked at the clock, a quarter past seven. He got up, put on his robe as well as a pair of shoes and went down to see who was creating such a row at that hour of the morning.

Two men stood at the doorstep and far from being the stuff of dreams they appeared to be deadly serious. They wore long overcoats and hats, their car was parked by the kerb.

'I am Inspector Ó Ceallaigh', said the elder of the two, 'and this is Sergeant Ó Duibhir. We would like to talk to you about your knowledge of the murder of Maria Bondel'.

'Maria who?' said Muiris, but deep in his heart he knew the game was up. 'I know no-one of that name'.

As Inspector Ó Ceallaigh reached for the bag on the hall table, Idé put her head over and shouted from the landing. 'Who's there, Muiris darling'.

Porto

Bhí an dorchadas ag titim is é isteach go maith sa chlapsholas nuair a mhúscail mé. D'amharc mé amach ar fhuinneog na traenach ach ní raibh le feiceáil agam ach mo scáil dhorcha féin ag stánadh ar ais go marbhánta orm as an dorchadas. Bhí Antain ina chnap codlata sa suíochán os mo chomhair. Bhí muid ar an 'Porto Metro' ar ár mbealach ón aerfort isteach go lár na cathrach sin. Amuigh ar an taobh thall den traein ba léir dom spéir an iarthair, é stríoctha le gorm is dearg go fóill, amhail dá dtabharfaí cead a chinn do phéintéir mire inteacht.

Ar shiúl ar an drabhlás a bhí muid, Antain is mé féin. Sin a dúirt muid an chéad lá ar smaoinigh muid ar an turas seo a dhéanamh. 'Imeoidh muid ar an drabhlás'.

Ba leadránach an saol é ag péire fear óg i rannóg na cuntasaíochta sa Státseirbhís. Is iomaí uair a chaith muid ag mairgnigh is ag gearán faoi dhualgais is choinníollacha ár gcuid oibre. Bhí Antain is mé féin tinn tuirseach de.

Lá amháin san Earrach is é ina dhíle fearthainne lasmuigh, deora ag sileadh síos gloine na fuinneoige, clúdach gaile ar an taobh istigh den ghloine, bhí muid chomh domhain sa dubhach is a d'fhéadfadh muid a bheith. Go tobann léim Antain dá chathaoir, chuaigh a dhamhsa i lár an urláir is lig uaill gháire chraiceáilte as.

'Scrios dearg air seo, a stócaigh, tá an áit seo ag sileadh isteach i mo mheabhair. Caithfidh mé éalú as sula n-imím as mo chiall ar fad. Goitse, imeoidh muid ar an drabhlás áit inteacht a bhfuil neart ólacháin', ar seisean ag damhsa anonn chuig léarscáil mhór dhomhanda a bhí crochta ar bhalla na hoifige.

Dhún sé a shúile nó lig sé air b'fhéidir go raibh siad druidte is sháigh a mhéar sa mhapa.

'Sin é', ar seisean. 'Porto na Portaingéile atá ar maos sa "port wine"'.

Is beag aird a thug mé air ach lean mé orm le mo chuid oibre. Bhí sé de nós rialta ag Antain a leithéid seo de gheamaireacht a léiriú. Bheadh sé ceart go leor nuair a rachadh an drochuair thairis, arsa mise liom féin. 'Tá sé chóir a bheith in am don tae', a dúirt mé liom féin. 'Nuair a fhaigheann sé cupa tae ní bheidh iomrá ar bith ar Phorto'.

An tráthnóna sin is muid ar ár mbealach chuig stáisiún na traenach le gabháil chun an bhaile, d'ardaigh sé an cheist arís.

'Cad é do bharúil, a stócaigh', ar seisean. 'Ríocht na Gréine, Tír na mBuabh?'

'Nach in í an tSile?', arsa mise.

'Ha?'

'"Ríocht na Gréine, Tír na mBuabh", is san tSile atá an dán sin suite'.

'Ach, bhuel', ar seisean, "Ríocht na Gréine, Tír na mBan" más mian leat'.

Bhí sé do mo chiapadh gan faoiseamh gur ghéill mé a ghabháil leis.

'Tá aithne agamsa ar leaid as Mumbai a bhfuil bialann aige i bPorto', arsa mé sa deireadh nuair ab eol dom go raibh an cath caillte.

'*There you go*', ar seisean, ag tapú a dheise. 'Beidh treoraí saor in aisce againn is eile'. Ba é dearcadh Antaine go raibh sé ceadaithe in am práinne a chuid cairde a úsáid mar fhoireann phearsanta. Am práinne ab ea ócáid ar bith nach raibh Antain féin ábalta déileáil léi.

Fuair muid eitilt go haerfort Francisco De Carneiro i bPorto i ndiaidh am oibre tráthnóna Dé hAoine. Chuaigh ar bord an Metro lenár n-iompar go stáisiún Campanaá i lár na cathrach.

An traein ag sníomh mar a bheadh eascann ann, go taibhsiúil trí ailt foirgneamh ard, ag sleamhnú isteach is amach as tolláin dhorcha, ag trasnú seandroichead a chroith a raibh de chreataí sa traein, corruair ag fáil spléachadh ar shoilse buí sráide a las an timpeallacht ar feadh faiteadh súl sular báitheadh sa dorchadas muid athuair.

Chodail Antain i rith an bhealaigh ó shuigh sé ar an traein, de bharr tús a chur lena dhrabhlás chomh luath is a bhí sé suite san eitleán ag aerfort Bhaile Átha Cliath. Ba bheag an mhaith é de bharr thionchar an óil anois. A chloigeann ag sínteoireacht anonn is anall is sruth prislíní le taobh a bhéil. Cé nár ghlac an traein ach leathuair an chloig chun lár na cathrach a bhaint amach, b'ionann é agus turas lae againne.

Bhí muid ar ár gcosa go luath an mhaidin sin is lá oibre déanta, gan trácht ar an méid ólacháin a bhí slogtha againn faoin am seo.

Sa deireadh tháinig scread fhada uaigneach as coscáin na traenach is thosaigh sí ag maolú luais is ag stopadh. D'amharc mé amach ar an bhfuinneog is chonaic an clár a raibh na focail [Estacao Campanaá] i litreacha móra air. Rug mé greim gualainne ar Antain is chroith go bríomhar é lena mhúscailt.

'Uh', ar seisean is é idir suan is saol, 'cad é atá ort?'

'Goitse, a stócaigh, tá muid ag deireadh ár n-aistir. Caithfidh muid an traein a fhágáil'.

Tharraing sé a chorp as an suíochán, rug greim ar a sheanmhála is gan é ach ag cur cos roimhe is ag tarraingt na coise eile ina dhiaidh. Streachail sé é féin amach as an traein is a shúile go fóill leathchaoch le tréan codlata.

'Gheobhaidh muid lóistín na hoíche gar don stáisiún', arsa mise go dóchasach.

Amach in aer te an tráthnóna linn is thug cúl láimhe don bhaicle fear tacsaí a bhí ag geafta an stáisiúin ag cuartu custaiméirí. Rinne muid ar an gcéad sráid a chonaic muid. Ní raibh muid ach ar aghaidh an stáisiúin nuair a thug mise faoi deara seanteach mór thall ar thaobh eile na sráide. Seanteach mór a bhí ardnósach lá den saol, é b'fhéidir ceithre nó cúig urlár ar airde, fuinneoga móra a raibh comhlaí fuinneoige orthu agus balcóin taobh amuigh d'achan cheann acu. Bhí comhartha mór lasta air a bhí ag síneadh ar feadh dhá nó trí urlár suas aghaidh an tí. D'amharc mé suas ar na focail a bhí ar an gcomhartha [Pensao Residencial do Paraiso]. Cé nach raibh eolas dá laghad agam ar theanga na Portaingéilise thuig mé dá raibh an comhartha sin ag scairteadh liom. Bhí sé ag rá gurbh ann a bhí leapacha agus seomra agus uisce te le cith a ghlacadh agus thar aon ní eile áit a dtiocfadh liom Antain a chur ar ancaire tamall.

Rug mé greim muinchille air is tharraing i mo dhiaidh é isteach an doras mór fairsing. Taobh istigh den doras bhí halla mór a raibh urlár de mharmar glas is é mar an gcéanna leath bealaigh suas na ballaí. Thuas ag an tsíleáil a bhí fiche troigh os ár gcionn bhí solas mór craobhach a raibh leathdhosaen soilse air. Bhí doras eile díreach romhainn is cnaipe cloig.

Bhrúigh mé mo mhéar ar an gcnaipe is d'oscail an doras. Ní raibh ach solas beag amháin istigh is bhí sé deacair léargas ar bith a fháil is tú ag teacht as an mbladhaire solais lasmuigh. Bhí cuntar beag mar oifig fáilte díreach ar an taobh eile den doras is beirt seanbhan, bean bheag is bean mhór ina seasamh ann. Bhí an bhean mhór caol ard is chomh tanaí le ráca. A craiceann buí is seargtha mar a bheadh sé sínte ar a cuid cnámh is ar a haghaidh. Bhí an bhean bheag mar a bheadh bairille ann, a smig á dúbailt féin i rollaí móra bána buí faoina muineál. Rinne an bheirt acu neamhiontas glan díom is sháigh a gcuid súl in Antain a chaith é féin síos ar tholg a bhí thiar in éadan an bhalla.

Sa deireadh labhair an bhean mhór i bPortaingéilis. Is dócha gur rud inteacht ar nós 'boa noite' a dúirt sí. Chuartaigh mé stóras na bhfocal eachtrannach i m'intinn, ach ní bhfuair mé oiread is ceann amháin a d'aithin mé mar Phortaingéilis.

'Chambre a coucher', arsa mé le mo chúpla focal Fraincise, ag déanamh comhartha san am céanna le mo dhá lámh buailte ar a chéile faoi mo chluais. 'Pór dos', arsa mé ag maslú na teanga Spáinnise, is ag tarraingt a hairde ar an gcnap codlata a bhí sínte ar a tolg.

Bhí eagla orm is mé ag léiriú na geamaireachta seo di nár thuig sí focal ar bith dá raibh ráite agam is go mbeadh sé chomh maith agam: 'Ní bheadh coirnéal ar bith de sheomra agat, a bhean uasail, a d'fhéadfá a chur ar fáil dúinn go maidin?' a rá.

'Sim', ar sise is a béal teannta, is d'aithin mé uirthi nár luaithe léi Tom an Diabhail ná an bheirt againne, is nach gcuirfeadh sé amach nó isteach uirthi muid a chaitheamh amach ar thaobh na sráide.

Chuir mé aoibh gháire ar m'aghaidh cé nach raibh sin éasca i bhfianaise cé mar a bhí rudaí ag gabháil.

'Quarenta euro', ar sise, ach nuair a chonaic sí creidim an t-aineolas scríofa ar m'aghaidh thug sí léi píosa páipéir is scríobh 'E40' air.

Chuir mé suas mo dhá ordóg is rinne sí gáire beag. Tharraing mé dhá nóta fiche euro as mo sparán is shín chuici iad gan mhoill. Chuir sí leabhar os ár gcomhair is shínigh muid é, mise chomh cúramach is a d'fheadfainn. Rinne Antain rud inteacht a bhreacadh go scrábach, rud nach mbeadh sé féin fiú ábalta a léamh.

Thóg sí eochair de chlár na n-eochracha. D'ardaigh léi an dá mhála is thug a haghaidh suas an staighre. Rug mise ar Antain is tharraing liom é ina diaidh.

De réir mar a bhí tú ag gabháil in airde is é ba mhó a bhí cuma an neamairt ar an áit. Faoin am ar shroich muid an ceathrú hurlár ar a raibh an seomra s'againne, bhí cuma thréigthe air, ach oiread is nár leag Críostaí cos ann le blianta.

Bhí an seomra ar aghaidh na sráide, na fuinneoga móra ag amharc ó dheas, iad oscailte siar is fuaimeanna saoil is scléip na sráide le cloisteáil isteach orthu. Bhí dhá leaba shingle sa seomra is níor chaill Antain mórán ama gur chaith sé é féin i gceann acu is chuaigh ar ais go réimse na mbrionglóidí.

Nuair a fuair mé faill ar m'anáil a tharraingt, mheas mé go gcuirfinn scairt ar mo chara as an India ar chuir mé aithne air i mBaile Átha Cliath nuair a bhíodh sé ag seachadadh ceapairí go dtí na hoifigí timpeall ar Chearnóg Mhuirfean.

Bhrúigh mé na huimhreacha is tháinig glór ar cheann eile na líne.

'Sim', arsa an glór.

'Is Abdul there please?', arsa mise.

'Speaking to you', ar seisean, 'who is this please?'

Thug Abdul treoracha dom is níorbh fhada go raibh mé ar mo bhealach chuig an 'A Estrela Mumbai', nó b'in é ainm na bialainne a raibh leathsciar ag Abdul inti lena dheartháir Hassan.

Níl le rá agam anseo ach go raibh na deartháireacha flaithiúil le bia is le deoch is gur crochadh an comhartha 'Fechado' ar an doras i dtrátha an deich, rud a d'fhág muid linn féin sa bhialann fholamh.

Bhí sé i ndiaidh an mheán oíche nuair a rinne mé mo bhealach ar ais chuig Pensao do Paraiso trí shráideanna dorcha Porto. Cé go raibh mé lán go béal le huchtach an bhuidéil, ní hin le rá nach raibh mo sháith uaignis is eagla orm ag siúl trí chuid de na pasáistí cúnga dorcha sin.

Tháinig mé go dtí a leithéid de phasáiste agus mé chóir a bheith in aice an loistín. Bhí eagla orm ach bhí a fhios agam go raibh an Pensao díreach in aice le ceann eile an phasáiste. Is beag nach raibh radharc súl agam air nuair a chuala mé an fhuaim is an athfhuaim ach nach raibh faic le feiceáil agam. Puit ! Puit! Puit! Sheas mé, nó ba é an chéad smaoineamh a rinne mé ná gur macalla de mo chosa féin idir bheanna arda na bhfoirgneamh ba chiontach leis an bhfuaim.

Puit! Puit! Chonacthas dom anois gurbh as coirnéal dorcha os mo chomhair amach a bhí an fhuaim ag teacht.

Bhris allas fuar amach ar chlár m'éadain is síos le mo dhroim. Leis sin nocht foinse na fuaime thart an coirnéal.

Bacach leathchosach a raibh croisín miotail leis mar thaca, is cupa beag stáin ceangailte den chroisín.

Bhí a fhios agam ar ndóigh ar an bpointe boise, nuair a chonaic mé a chupa, cén tslí bheatha a bhí aige. De réir mar a bhí sé ag teacht in aice liom bhí tréithe a aghaidhe is a cholainne á léiriú dom, solas buí na sráide ag lasadh is ag léiriú a thuilleadh de mar a bheadh pictiúr á phéinteáil. Fear caol miotalach, a raibh snas dorcha ina chraiceann, cé gur den chine geal é, más ar éigean é. An chos chlé bainte de faoin nglúin is snaidhm ar a bhríste in áit a choise. Nuair a tháinig sé chuig mo thaobh shín sé an cupa folamh faoi mo shoc is chogain cúpla focal nárbh eol dom. An dtabharfainn cúpla bonn dó lena shásamh, nó arbh fhearr dom siúl liom is neamhiontas a dhéanamh de? An ngabhfainn sa seans nach mbeadh scaifte dá chairde ag fanacht liom timpeall an choirnéil?

Rinne mé comhartha láimhe le tabhairt le fios dó nár thuig mé é, cé go raibh a fhios ag Dia is ag an saol cad é a bhí de dhíth air.

Rinne sé cúpla preab a thug níos deise dom é, is chogain raiméis inteacht nár chuala mé ach an focal deireanach de 'sum'. Thuig mé gur Laidin a bhí á labhairt aige. Chlaon mé mo cheann ina aice is bhuail boladh bréan tobac is fíona mé san aghaidh.

Labhair an bacach ar ais ag cogarnach i mo chluais is thug a chuid focal siar mo chuimhne chuig na ranganna Laidine a bhíodh againn ar scoil.

'Eram quod es; eris quod sum'.

Rinne mé aistriúchán gasta a fhad is bhí sé ag caint. 'Mar atá mise anois is mar an gcéanna a bheidh tusa'. Baineadh geit asam. D'amharc mé den chéad uair díreach san aghaidh air. A Dhia dár sábháil anocht, ní raibh ag amharc aníos orm ach dhá pholl gheamhchaocha mar a bheifeá ag amharc isteach in dhá thobar silte fola a raibh clár siocáin orthu.

Má bhí mé imníoch ó thús bhí mé ar crith le heagla anois is na focail sin is na súile tragóideacha taibhsiúla sin ag gabháil i bhfeidhm orm. Chuir mé mo lámh i mo phóca is tháinig mé ar chúpla bonn dhá euro is chaith mé chuige iad. Nuair a thit siad ag cleatráil isteach sa chupa stáin tháinig aoibh mhór gháire ar an tseanaghaidh dhorcha. Gan stad ná moill, thug mé do na bonnaí é, ag rith an méid a bhí i mo chorp ag tarraingt ar an bpríomhshráid agus uaill gháire an bhacaigh ag macalla sna sála agam.

Bhain mé teach an lóistín amach is ga seá ionam. Bhrúigh mé ar an gcnaipe, rinne an doras 'clic' beag is d'oscail sé. Isteach liom is dhruid an chomhla i mo dhiaidh. Ní raibh duine ar bith le feiceáil agam is thug mé m'aghaidh ar an staighre is thosaigh ag dreapadóireacht. Bhí m'anáil go fóill ar bharr mo ghoib is mé sáraithe ag an rásaíocht. Suas liom cibé ar bith is an staighre ag éirí níos dorcha is níos salaí, agus níos crochta dar liom de réir mar a bhí sé ag gabháil in airde.

Sa deireadh sheas mé ar an gceathrú hurlár taobh amuigh de mo sheomra féin ag baint taca as ceann an staighre le m'anáil a athghabháil.

A fhad is a bhí mé ansin chuala mé doras ag oscailt go socair cúramach ar mo chúl. Thiontaigh mé thart nó bhí mé go fóill tógtha go maith ag an eachtra a tharla leis an mbacach. Tháinig a chuid focal ag macalla ar ais i m'intinn.

'Eram quod es: eris quod sum'.

Bhí soc beag géar mailíseach de sheanduine a raibh bun féasóige léithe air ag gobadh as an spás a bhí idir an doras is an ursain. Thug sé comhartha láimhe dom gabháil ina threo. Chuaigh mé anonn chuige go faichilleach nó bhí mé amhrasach faoi, ach san am céanna ní fhéadfainn diúltú dó dá mbeadh sé i gcruachás inteacht. D'oscail sé an doras cúpla orlach eile is chuaigh siar isteach sa seomra nach raibh de sholas ann ach an méid a bhí ar iasacht ón lampa buí a bhí crochta amuigh ag barr an staighre. Ní dheachaigh mé thar thairseach an dorais ach d'fhan mar a raibh mé go bhfaca mé cad é a bhí ag cur as dó.

Bhí tábla mór i lár an urláir is bosca caol fada air. Bhí brat dubh éadaigh caite thar an iomlán. Rinne an seanfhear aisteoireacht bheag dom, a lámha á gcur faoin mbosca aige mar a bheadh sé ag iarraidh é a thógáil, is a mhéar á díriú ormsa san am céanna.

'Damnú', arsa mise liom féin, 'níl an créatúr ach ag iarraidh lámh chúnta leis an mbosca sin a thógáil. Ní fhéadfadh sé a bheith chomh trom sin nach dtiocfadh leis an mbeirt againn é a thógáil'.

Isteach sa seomra liom is threoraigh an seanfhear thart mé go ceann eile an bhosca. Ansin rug sé ar choirnéal den bhrat dubh éadaigh a bhí á chlúdach is sciob de é. Caithfidh mé a rá gur baineadh geit asam cé go raibh mé ar mo dhícheall ag iarraidh é a cheilt. Mhothaigh mé creathanna fuachta ag sleamhnú tríom is oighreog ina rith i mo chuid fola leis. Is é a bhí faoin éadach ná cónra dhubh a raibh dhá ghreim de dhath an óir uirthi is íomhá den chros chéasta ar an gclár.

Bhí mise ag ceann na cónra, an taobh ba throime. Chuir muid ár gcuid lámh fúithi is d'ardaigh chugainn í. Go dtí an bomaite seo bhí an smaoineamh ag rith liom gur cónra fholamh a bhí inti. Is dócha nach raibh sí chomh trom sin uilig ach bhí muid beirt lag, eisean de bharr a aoise is mise de bharr thuirse an lae, bolg lán, is rith maith seachas drochsheasamh. Lena chois sin chaithfeadh muid a bheith cúramach is gan ligean di titim nó bhí mé cinnte anois go raibh corp istigh inti.

Thosaigh an seanduine ag cúlú siar i gcéimeanna beaga cúramacha. Ba léir go raibh fiú bun na cónra róthrom dó. Bhí a chosa beaga caola ag lúbadh faoi, a sciatháin á dtarraingt as na guaillí aige is a dhá shúil mhóra bhándearga ag gobadh as faoina mhalaí scuabacha.

Siar linn go maslach go raibh an seanfhear ar thairseach an dorais. D'amharc sé soir is siar sular lean sé air go mall amach go barr an staighre. Bhí a anáil ar bharr a ghoib cheana féin is bhí mise ag cur geallta liom féin cá fhad a mhairfeadh sé go dtitfeadh sé as a sheasamh marbh. Thug sé comhartha cinn dom gabháil thart, rud a rinne mé go raibh mé ag barr an staighre. Leag sé cos na cónra ar bhalastráid an staighre is dhírigh a mhéar síos sa dorchadas.

'Dia ár sábháil', arsa mise agus focail an bhacaigh ag macalla ionam. 'Níl sé ach ag iarraidh seo a thabhairt síos ceithre urlár?'

Rug an seanduine greim ar a cheann féin den chónra is bhog chun tosaigh go mall ach gan stad. Ní raibh de dhóigh agam ach céim síos a thógáil. Chuir mé mo chos siar is mheas mé go raibh achar fada ama ann gur bhuail mo chos an chéad chéim eile is d'éirigh liom é a leanúint leis an gcois eile. Ní raibh ach céim amháin tógtha agam is bhí mé gan mhaith cheana féin. Bhí mo chorp uilig ar crith is mé ag bárcadh allais. Smaoinigh mé ar na ceithre urlár a bhí thíos fúinn. Dhá shraith staighre ar achan urlár, dhá chéim déag ar achan sraith. Dhá choiscéim mhaslacha scanrúla ar achan chéim. Bhí an seanduine os mo chionn is é ag brú leis go míthrócaireach.

Thosaigh mé ag cuntas. Dó faoi dhó dhéag, sin fiche agus a ceathair. Ceithre choiscéim is fiche ar achan shraith. Ocht sraith staighre, sin ceithre huaire is fiche, sin céad nócha a dó.

Lig an seanduine béic as is bhuail ding de cheann na cónra isteach i mbun an bhoilg orm. Is cosúil nach raibh cead seasaimh ná machnaimh le bheith agam.

Bhí mé báite i mo chuid allais. Mo léine greamaithe de mo dhroim, mo shúile ag druidim le tuirse, mo chorp scriosta le pianta.

Síos, síos linn, mise corruair múscailte corruair leath i mo chodladh. In amanna eile bhí mé ag tabhairt coiscéim foghlama ó chéim go céim mar a bheadh meaisín uathoibríoch ann.

Bhí an chónra ag éirí níos troime chonacthas dom, rud a chuir mé síos do mo laige féin. Nuair a d'amharc mé suas, áfach, chonaic mé go raibh an seanduine chomh bríomhar is a bhí riamh. Má bhí athrú ar bith air is ag gabháil i neart a bhí sé. Shíl mé gur thug mé faoi deara uair nó dhó a thug mé spléachadh d'amharc gasta ina threo nach raibh ach lámh amháin faoin gcónra aige. Nuair a shroich muid an t-urlár ag bun an dara staighre, sheas mé go daingean is d'amharc díreach air. Ní raibh deor allais ná cuma mhaslach ar dhóigh ar bith air.

Bhí a fhios agam ansin go rabhthas do mo chiapadh, gur mise mé féin a bhí ag iompar na cónra sna pasáistí dorcha ar an staighre is nach raibh seisean ach ag ligean air féin anois is arís go raibh sé á hiompar. Ach níorbh eol dom cén fáth. Tháinig macalla d'fhocail sin an bhacaigh ar ais chugam:

'Eram quod es; Eris quod sum'. An mbeadh baint ar bith … Rith an smaoineamh liom ach mharaigh mé ar an bpointe boise é is chuir uaim é. Eagraigh thú féin, arsa mise liom féin, níl an cath caillte go fóill.

Choinnigh mé orm ag streachailt ó chéim go céim is ó shraith go sraith den staighre. Ag troid na ndeamhan i m'intinn, ag coinneáil suas m'uchtaigh agus ar mo dhícheall smaointe is mothúcháin dhiúltacha a choinneáil uaim. Mo chorp ina scraith phianta, ag imeacht is ag teacht as babhtaí neamhchinnteachta nuair nach raibh a fhios agam an brionglóid a bhí anseo uilig is go raibh mé i mo chodladh… nó an raibh mé múscailte is ag fulaingt i ndáiríre? An raibh mé marbh, b'fhéidir, is i bpurgadóir ag déanamh mo bhreithiúnais aithrí? An raibh mé páirteach in eachtra mhídhleathach inteacht, ar dhúnmharfóir é an té a raibh mé ag cuidiú leis? Bhí a fhios agam rud amháin cinnte fiú sna babhtaí neamhchinnteachta sin. Bhí a fhios agam istigh i mo chroí nár dhrochdhuine mé. Níor naomh ar bith mé ach an oiread ach go bunúsach thuig mé gur duine maith a bhí ionam. Ba é an smaoineamh seo is an chreidiúint go bhfaigheann achan duine luach a shaothair sa deireadh thiar, bíodh sé maith nó olc, a thug misneach dom.

Ba é an smaoineamh seo a choinnigh ag gabháil mé, a choinnigh mo ghlúine ó lúbadh fúm, a choinnigh mo chuid sciathán faoin ualach míofar sin a bhí le hiompar agam. Ba é an smaoineamh céanna sin a choinnigh srian ar mo chuid feirge nuair a bhuailtí sa bholg mé le ceann na cónra. D'fhéachainn aníos is d'fheicinn súile nimhneacha neamhthrócaireacha an tseanduine ag stánadh orm.

Sa deireadh, is ga gréine ag briseadh isteach taobh an dorais shroich muid urlár na sráide. Bhí mé á fheiceáil uaim thíos is muid ar an gcéad urlár, agus thug mé buíochas do Dhia go raibh an deireadh romhainn nó mheas mé nach mairfinn i bhfad eile i mbun an lóid ghránna sin. Ní raibh ach dosan céim le siúl agam anois, ceithre choiscéim is fiche is bheinn réidh leis an dualgas marfach míofar seo.

Thosaigh mé ag cuntas, a haon, a dó ... nuair a shroich muid an t-urlár de mharmar glas, sheas mé is d'amharc ar an seanduine. Cá raibh an diabhal ruda le leagan? Ní bhfuair mé uaidh ach comhartha cinn a d'iarr orm casadh ar dheis síos in íochtar go híoslach an tí.

Is beag nár theip ar m'fhoighne is mo dhóchas ar fad. Mé ag dréim le faoiseamh is gan I ndán dom ach tuilleadh masla. Má bhí na hocht sraith a bhí siúlta againn deacair ba dheacra i bhfad an péire deiridh. Bhí mo cholainn ag screadadh liom: 'Faoiseamh, faoiseamh!' Ach ní bheadh faoiseamh le fáil go mbeadh an t-ualach ag a sprioc, pé áit a bhfágfaí é.

Shroich muid seomra mór folamh san íoslach a raibh urlár coincréite fuar lom ann. Bhí sluasaid is piocóid ina seasamh leis an mballa. Thug an seanduine comhartha cinn dom an chónra a leagan ar an urlár. Ní raibh an dara cuireadh de dhíth orm. Ní raibh de dhíth orm ach teitheadh as comharsanacht an ruda mhallaithe seo is an bithiúnach de sheanduine chomh gasta is a d'fhéadfainn. Shiúil sé anonn is thóg an phiocóid ó thaobh an bhalla. Bhain mise na bonnaí as ag tarraingt ar an doras. Chuaigh an seanduine romham is shín amach a sheanlámh chnámhach ingneach, an phiocóid go fóill ina láimh eile. Chroith mé a lámh go drogallach. Dhéanfainn rud measartha ar bith le fáil ar shiúl uaidh ag an bpointe seo. Rug mé greim ar a láimh thais is d'amharc mé den uair dheireanach isteach sna súile neamhthrócaireacha úd a raibh rian an fhaisisteachais bheo iontu. Chuir na súile céanna i gcuimhne dom eachtraí gránna faoi choim an dorchadais. Shín sé chugam an phiocóid. Ghlac mé uaidh í is chaith síos ag a chosa í, le hoiread urchóide is gur phreab sí cúpla orlach ón urlár nuair a thit sí.

Tháinig mé aníos an staighre céim ar chéim, ar nós cuma liom. Cén deifir a bheadh orm? Ba é mo mheon gur coiscéim in aice na huaighe achan choiscéim chun tosaigh. Mheas mé gur chuala mé scríobadach na piocóide thíos fúm is mé ag gabháil in airde ach b'fhéidir leoga, is cé a bheadh ina dhiaidh orm, gur tionchar na néaróg a bhí cráite go maith faoin am seo a bhí ag cur as dom.

Bhain mé doras mo sheomra féin amach is d'oscail mé é go deas suaimhneach. Ní raibh rún ar bith agam seo a phlé le hAntain go mbeadh roinnt machnaimh déanta agam. Bheadh sé i suan codlata is é ag srannadh mar a bheadh muc ann. Bhí seaneolas agam ar Antain, is níor thaitin sé leis a bheith múscailte gan choinne.

Bhí na fuinneoga móra go fóill oscailte is na cuirtíní ag séideadh isteach i ngaoth na maidine. Ní raibh de dhíth orm anois ach titim isteach sa leaba, ach greamaíodh den urlár mé le scanradh nuair a d'amharc mé sna leapacha. Bhí an dá leaba folamh. Lena chois sin chonaic mé nár chodail sé sa leaba ar chor ar bith. D'aithneofá gur luigh sé ar mhullach na leapa, bhí a fhios agam sin nó bhí sé sínte ann aréir nuair a d'fhág mé.

Bhí mé anois idir dhá thine Bhealtaine i gceart, mé ag titim as mo sheasamh le tuirse is díth codlata ach nach bhféadfainn súil a dhruid is mo chara ar seachrán. Ag Dia féin a bhí a fhios cá raibh sé. D'amharc mé ar m'uaireadóir. Ní raibh sé ach cúig bhomaite is fiche tar éis a sé ar maidin. Ní raibh aithne agam ar dhuine beo a raibh Béarla aige seachas an bheirt deartháir Abdul is Hassan, ach ní fhéadfainn cur isteach orthusan faoin am seo de mhaidin, go háirithe is mé mar sprioc a gcuid flaithiúlachta aréir sa bhialann. Cad é a bhí le déanamh agam … an dóigh leat … bhí smaoineamh ag sileadh isteach i m'intinn is nárbh iontach nár smaoinigh mé air roimhe seo … ach shíl mé go raibh an t-aon duine a raibh aithne agam air san fhoirgneamh seo ina shuan codlata nuair a d'fhág mé. Cé a bhí sa chónra …? Ní féidir gur goideadh amach as a leaba é is gur maraíodh é agus é ina thromshuan? Chuir an smaoineamh sruth creathanna trí mo chuislí.

Sa deireadh idir chiontacht agus chodladh, bhí an bua ag réimse na sócúlachta. Luigh mé ar mhullach na leapa is thit mé i suan míshocair dorcha.

Tháinig eachtraí na hoíche aréir is a raibh tarlaithe i gcaitheamh an lae uilig trí m'intinn ina dtromluí is ina mbrionglóid. Bhí eitleáin is Antain iontu, an Bacach Dall is an seanfhear neamhthrócaireach, cónraí is uaigheanna, Abdul is Hassan is iad uilig ina meascán mearaí nach raibh ciall ná réasún leis.

Chuaigh an t-am thart ar luas lasrach is nuair a mhúscail mé shíl mé nach raibh mé ach cúig bhomaite i mo chodladh. Bhí duine inteacht ag bualadh an dorais, ní go macánta ach mar a bheifí á bhualadh le hord mór.

D'amharc mé ar m'uaireadóir, bhí sé leathuair i ndiaidh a sé. 'Scrios Dé', arsa mé liom féin. 'Ní hiontas gur imigh an t-am chomh gasta sin, is gan mé ach cúig bhomaite i mo chodladh'.

D'éirigh mé is d'oscail mé an doras sula gcuirfí isteach i lár an tí é. Bhí bean mhór an chraicinn theannta ina seasamh ann is péire den Polícia de Sequranca Pública in aice léi.

'Bom Dia', arsa fear de na póilíní, 'you are an English gentleman, yes?'

'No', arsa mé. 'I am from Ireland'.

'Ah, sim', ar seisean, 'one other Irish gentleman is not with you, yes?'

'Yes ', arsa mé, 'he is not here'.

'Pór favor, you will come with us senhor, yes?'

Thug mé iarraidh iad a cheistiú, an raibh Antain faighte acu, an raibh sé beo nó marbh, ach bheadh sé chomh maith agam a bheith i mo thost nó ní raibh fonn cainte ar bith orthu.

Chuaigh muid síos an staighre chuig an oifig fáilte, áit a raibh an leabhar a shínigh muid ar ár mbealach isteach oscailte ar an gcuntar.

'Your passeporte pór favor senhor', arsa an póilín liomsa.

Thug mé sin dó is chuir sé an síniú i gcomparáid leis an síniú sa phas.

Chuaigh muid i gcarr na bpóilíní is taobh istigh de chúig bhomaite bhí muid ag sprioc ár n-aistir. Tugadh isteach i seomra mé a raibh táblaí miotail ann is boladh láidir ceimiceán san áit. Chomh luath is a thrasnaigh mé tairseach an dorais chonaic mé thall í. Ba dheacair liom a chreidiúint, ach d'aithneoinn áit ar bit í, an chónra dhubh ar chaith mé an oíche á streachailt anuas an staighre san Pensao do Paraiso. Bhí sí ina suí ar sheastán is an clár in éadan an bhalla ag a taobh.

Thug an póilín cuireadh dom amharc sa chónra, rud nár ghá dó a dhéanamh óir ní raibh oiread póilíní sa Phortaingéil a chuirfeadh bac orm a raibh sa chónra seo a fhiosrú.

An chéad spléachadh a thug mé isteach sa chónra d'aithin mé culaith Antain, an chulaith chéanna liath a bhí air nuair a chonaic mé an uair dheireanach é. Ceann a raibh lipéad taobh istigh den seaicéad a raibh [James Woods, Gentleman's Tailor, Dublin] le feiceáil air. Ach nuair a d'amharc mé ar an aghaidh d'aithin mé go raibh rud inteacht as alt. Ní Antain a bhí ann ar chor ar bith ach fear eile a d'aithin mé chomh luath is a d'amharc mé air, an Bacach Dall. Baineadh siar asam ach choinnigh mé srian orm féin. Tharraing mé chugam taobh an tseaicéid gur oscail sé. Thaispeáin mé an lipéad don phóilín, is rinne sé nóta ina leabhar nótaí gur aithin mé é. Chuir sé ceist orm an é seo Antain.

'Yes', arsa mé, 'that's him all right'.

Tharraing sé amach pas Éireannach as a phóca is bhí a fhios agam cad é a bhí ann is cér leis é. Thaispeáin sé an pas dom is ba phas Antaine a bhí ann ceart go leor. Chaith sé cúpla bomaite ag scrúdú an phictiúir is ag tabhairt corramharc ar aghaidh an fhir a bhí sa chónra sular shín sé an pas chugam. 'You will require this for removal of the body', ar seisean.

Dúirt mé go ndéanfainn na socruithe láithreach, is thug siad ar ais chuig an teach lóistín mé gan mórán moille. Sular fhág mé carr na bpóilíní rinne an fear a raibh Béarla aige comhbhrón liom is dúirt go raibh sé buartha mé a chur as mo dhóigh maidin Domhnaigh. Bhí mé i mo sheasamh amuigh ar thaobh na sráide is carr na bpóilíní ag scuabadh leis suas an tsráid nuair a bhuail smaoineamh mé. Maidin Domhnaigh! Ba ceithre huaire fichead is cúig bhomaite a chodail mé is ní cúig bhomaite mar a shíl mé. Bhí an t-eitleán abhaile le himeacht ar a trí. D'amharc mé ar an am. Bhí sé anois ceathrú chun a naoi. Isteach liom gur bhain mé an oifig fáilte amach. Chaithfinn seo a chinntiú. Bhí an leabhar go fóill ina luí ar bharr an chuntair. Thiontaigh mé na duilleoga go bhfeicfinn cén lá ar shínigh muid isteach. Sexta-feira b'in an Aoine, Sabado, b'in Dé Sathairn, is bhí na leathanaigh sin lán. Is inniu Domingo, sin inniu an Domhnach, is gan ann ach cúpla ainm ar an leathanach. Chuaigh mé isteach is suas an staighre is go leor ceisteanna is ábhar machnaimh agam, tá mise ag insint duit.

Ní raibh a fhios agam go fóill an beo nó marbh a bhí Antain. Bhí an Bacach Dall marbh agus pas is culaith Antaine leis. Pé ar bith cén rud a tharla d'Antain nó cén áit a raibh sé anois bhí baint inteacht ag an mBacach Dall leis. Bhí pas Antaine agam is na póilíní ag dréim liomsa corp an Bhacaigh a bhailiú gan mhoill.

Bhrúigh mé isteach doras an tseomra is greamaíodh den urlár le hiontas mé. Cé a bhí ina luí ansin sa leaba ach mo láchán Antain! Cóta mór is péire stocaí air ach gan bróg ar bith le feiceáil. Mhúscail sé nuair a tháinig mise isteach nó b'fhéidir cionn is gan mé a bheith ag dréim leis sa seomra nach raibh mé chomh suaimhneach is a bheinn go hiondúil.

Shuigh sé aniar sa leaba is chaith amach a chosa.

'Cá raibh tú nó cad é a d'eirigh duit?', arsa mise.

'Och, och, a stócaigh, trioblóid mhór, trioblóid mhór'.

Dúirt sé liom gur mhúscail sé thart ar a deich oíche Dé hAoine is go bhfuair sé treoracha ó mhná an tí chun na bialainne a raibh mé féin ann. Lean sé na treoracha úd ach chuaigh sé ar seachrán cúpla uair is b'éigean dó pilleadh is tosú arís. Faoin am ar shroich sé an bhialann bhí an áit druidte.

Ar a bhealach ar ais, chuaigh sé an t-aicearra trí phasáiste ciúin dorcha. Bhí cuimhne aige ar bhacach dall leathchosach ag iarraidh déirce. Ba bheag cuimhne a bhí aige ar a dhath eile, áfach, go maidin inniu féin nuair a mhúscail sé i seomra cúng dorcha. Ar ndóigh ní raibh tásc ná tuairisc ar a chulaith ná ar a bhróga. Bhí an méid airgid a bhí sa sparán is a phas ar shiúl fosta. Bhí fear faire in ainm is a bheith ag coimheád na háite ina chodladh ar chathaoir sa seomra eile is shiúil Antain amach as an áit gan aon duine le bac a chur air.

'Cad é a dhéanfaidh mé?', arsa seisean liomsa go truacánta. 'Tá mo ticéad fillte agam nó d'fhág mé i mo dhiaidh anseo sa seomra é, buíochas do Dhia. Ach tá mo phas caillte, níl pingin ná bonn airgid agam, níl éadach ar bith agam'.

'Mar a tharlaíonn sé', arsa mise, 'tá péire bristí is geansaí liomsa nach bhfuair mé seans a chaitheamh, is i dtaca le hairgead tabharfaidh mé cúpla euro duit ar iasacht'.

'Ach cén mhaith é sin mura bhfuil mo phas agam? Ní ligfear ar bord eitleáin mé gan é'.

'Bhuel, mar a tharlaíonn arís', arsa mise agus mo lámh á cur i bpóca mo sheaicéid agus an pas a fuair mé ó na póilíní á tharraingt amach agam …

'A Dhia na glóire', ar seisean ag éirí as an leaba, 'nach tú an bulaí fir! Is fiú airgead do chuid fola, damnú nach maith tú'.

Le scéal fada a ghiorrú, ní raibh ach bomaití le spáráil againn nuair a bhain muid Aerfort Francisco de Carneiro amach is chuaigh ar bord an eitleáin.

Ní go raibh muid san aer a shocraigh mé siar sa suíochán is a dhruid mé mo chuid súl. Tháinig an glór aisteach sin ag cogarnaíl isteach i m'intinn, 'Eram quod es ; eris quod sum', is a fhad is a thabharfaidh Dia saol dom ní dhéanfaidh mé dearmad ar an bhfís thaibhsiúil sin de Bhacach Dall Porto is a dhá shúil dhalla á gclúdach ag péire bonn dhá Euro.

Porto

Night was falling fast and dusk well advanced when I awoke. I looked out of the train window, but all I could see was my own tired reflection staring back, and Antain a bundle of sleep in the seat opposite. We were on the Porto Metro en route from the airport into the centre of the city. Through the window on the other side of the train I could see the western sky, still streaked with blue and red as if some insane painter had been allowed to run amok.

Away on a spree we were, Antain and I. That was what we decided when the idea of a trip first occurred to us. 'We'll go away on a spree', we said. It was a boring existence for two young men in an accounting office of the Civil Service. We spent many hours complaining and lamenting our onerous duties as well as the conditions of our employment. Antain and I were sick and tired of it.

On one spring day when a deluge of rain had fallen, little streams of rainwater raced each other down the outside of the window, the inner panes obscured by a film of condensation, we were as deep in despondency as could be. Suddenly Antain leapt from his chair, danced around the floor and emitted a yell of manic laughter.

'God's curse, lad, this place is seeping into the crevices of my mind. I must escape before I go completely stark raving. Come on, we'll go away on a spree, somewhere where drink is plentiful', he said, dancing across the floor to a large world map on the office wall. He closed his eyes, or perhaps pretended to close his eyes, and stabbed his finger at the map. 'That's it', he cried. 'Porto in Portugal, steeped in port wine'.

I paid him little attention but got on with my work. It was a regular occurrence for Antain to act out such little pantomimes. He would be fine when he got it out of his system, I told myself. Anyway it's almost tea time, and when he gets a cup of canteen tea he'll forget all thoughts of Porto. However as we walked to the station that evening to get the train home, he raised the matter again.

'What do you think lad', he said 'Kingdom of the sun, land of the kine'.

'Is that not Chile you are referring to?' said I.

'Huh?'

'Kingdom of the sun, land of the kine', that poem is set in Chile.

'Ah well', he said. 'Kingdom of the sun, land of the ladies, if you like'.

He was unrelenting in his torment until I agreed to accompany him.

'I know a lad from Mumbai who owns a restaurant in Porto', said I, finally when I realised the battle was lost.

'There you go', he exclaimed, grasping his chance. 'We will have a free guide into the bargain'. Antain believed that using friends as personal servants was allowed in times of emergency. A time of emergency according to Antain was any occasion when Antain himself couldn't cope.

We got a flight to Francisco de Carneiro Airport in Porto after work Friday evening and took the Metro to Campanaá Station in the city.

The train twisted snakelike and ghostly through cliffs of high buildings, sliding into and out of dark tunnels, crossing ancient bridges which shook the train to its core, occasionally glimpsing a yellow street light which illuminated our surroundings momentarily before we were again dipped into darkness.

Antain had slept all the way on the train, due to his beginning his spree as soon as he sat on the plane at Dublin Airport, and was the worse for drink by now. His head lolled to and fro and a steady stream of saliva escaped from the side of his open mouth. Though the train took less than half an hour to reach the city, it felt like a day's journey to me.

We had been afoot early that morning and now had finished a day's work, not to mention the generous quantity of drink consumed in the meantime.

Finally the brakes of the train emitted a long mournful scream, started to slow down and stop. Looking through the train window I could see on an long board in large letters the words [Estacao Campanaá]. I grabbed Antain by the shoulder and shook him vigorously to wake him.

'Ugh', he asked, still half asleep. 'What's wrong with you?'

'Come on boy, we're at the end of the line, we must leave the train'.

He dragged his body from the seat and grabbed his old bag. Putting one foot in front of the other and dragging his other leg behind him, he staggered from the train, his eyes still half closed and full of sleep.

'We will find lodgings for the night somewhere near the station' said I.

We came out into the warm evening air, ignoring the clamouring taxi men at the gate and headed along the first street in sight.

We were still in the area of the station when I spotted the old house across the street – a big stately building which had seen better days, four or five storeys high, with large shuttered windows and a balcony outside each.

A large illuminated sign reached up for two or three stories on the front of the building. I looked up and read the words on the sign. [Pensao Residencial de Paraiso]. Though I had no knowledge of the Portuguese language, I understood what that sign screamed at me. It was saying a bed, a room, hot water for a shower, and above all else, a place where I could jettison Antain for a while.

I caught hold of him by the coat sleeve and dragged him into the wide imposing doorway, inside there was a sort of lobby with an elegant green marble floor and half the wall covered in the same material. A massive chandelier of six lamps hung from the ceiling twenty feet above. A second door opposite had a bell button.

I pressed the bell and the door opened. Inside there was but a very weak yellow light, visibility was difficult especially coming from the blaze of light without. A little counter served as a reception office just inside the door and two old ladies, one tall, one small, stood there. The taller of the two ladies was as thin as a rake. Her yellow wizened skin seemed to be pulled taut over the bones of her face. The small lady reminded one of a barrel, her chin doubled up in rolls of yellow skin around her neck. They both studiously ignored me as they stared at Antain who had thrown himself full length on their sofa by the back wall.

Finally the tall lady spoke, she probably said something like 'Boa noite'.

I searched my mental lexicon of foreign words, none of which I recognised as Portuguese.

'Chambre a coucher' said I from my miniscule French vocabulary, doing a little demonstration at the same time with my palms held together below my ear.

'Pór dos', I said in insultingly bad Spanish drawing her attention to the bundle asleep on her sofa.

I was afraid as I acted out my little pantomime for her benefit that she didn't understand a blessed word I said and that I would have been as well to say, 'ni bheadh coirnéal ar bith de sheomra agat a bhean uasail a d'fheadfadh a chuir ar fail dúinn go maidin' in my native tongue.

'Sim', she said through a tight mouth, and I could see that she would have been as happy with Tom the Devil rather than us two and that it wouldn't have cost her a guilty thought to throw us both out on the roadside.

I managed a weak smile, which, given the circumstances, wasn't easy.

'Quarenta Euro', she said, but she no doubt noticed the lack of reaction on my face. She found a piece of paper and wrote €40 upon it.

I raised both my thumbs, she laughed a little. I swiftly found two twenty Euro notes in my wallet and handed them to her. She opened the register which we signed, I as carefully as I could, Antain managed an esoteric scribble which he would have had difficulty reading himself. She took a key from a board of hanging keys, took a bag in each hand and set off up the stairs. I reached for Antain and dragged him in pursuit.

As one ascended, the house showed increasing signs of neglect, the fourth floor where our room was situated looked desolate as if no one had lived there for years. The room overlooked the street, the large open windows faced south, the sounds and atmosphere of the street floated through them. There were two single beds in the room, Antain was quick to utilise one of them and was soon back in dreamland.

When I had relaxed sufficiently I decided to ring my friend from India whom I had got to know in Dublin when he distributed sandwiches around the offices in Merrion Square. I pushed the numbers and a voice came on the other end of the line.

'Sim', said the voice.

'Is Abdul there please?' said I.

'Speaking to you'. he said. 'Who is this please?'

Abdul gave me directions and a short while later I was on my way to 'A Estrela Mumbai', the restaurant that Abdul owned a half share of with his brother Hassan.

Let us say only that the brothers were generous with both food and drink and that the 'Fechado' sign was hung on the door at ten which left us alone in the empty restaurant.

It was after midnight when I made my way back to Pensao de Paraiso through the dark streets of Porto. Though you could say that I was full to the neck with courage from the bottle, that is not to say I didn't feel a lonely queasy feeling as I walked through some of the gloomier narrow passages. I arrived at such a lane near the lodging house. I was afraid but comforted myself with the knowledge that the Pensao was directly at the other end of the passage. I reached a point in the passage where I could almost see it, when I heard a sound once and then repeated, but I couldn't see a source.

'Put! Put! Put!' I stood, my first instinct was that it was my own feet echoing in the canyon of the tall buildings.

'Put! Put!' I now knew that the source of the sound was hidden in a corner of darkness straight ahead of me. I felt a cold sweat on my brow and down my back. At that instant the source appeared around the corner – a one legged old man with a metal crutch for support and a tin cup tied to the crutch.

I knew, of course, his trade as soon as I saw the metal cup. As he approached me the features of his face and body were being revealed to me, the yellow street light illuminating and revealing his appearance bit by bit as if I was witnessing the painting of a picture. He was a thin but hardy looking individual with a dark sheen on his skin, though he was probably of the white race, his left leg amputated below the knee and his trouser leg knotted. When he came up close to me, he thrust the tin cup in my direction and mumbled some words unintelligible to me. Would I give him a few coins to get rid of him, or should I ignore him, continue on my way and take a chance that a gang of his friends wouldn't be waiting for me around the corner?

I made hand signs to indicate that I didn't understand, though it was as clear as the nose on his face what he required. He hopped the few feet which separated us and whispered some kind of rhyme of which I heard only the last word 'sum'.

I now understood that Latin was the language he was using. I inclined my head towards him and a blast of foul breath of red wine and stale tobacco wafted over my face.

The beggar spoke again whispering in my ear a message which brought me back to the Latin lessons of my schooldays.

'Eram quod es; eris quod sum'.

I translated quickly as he was speaking 'As I am now: so you shall be'. I was taken aback. I looked for the first time directly at his eyes. God save us all this night. What met my gaze was two purblind cavities as if I were looking into two wells of blood concealed beneath a lid of ice.

I was admittedly anxious before but now I was trembling in fear as the implication of those words and those tragic haunting eyes became real.

I searched in my pocket and found a pair of two euro coins and I threw them to him. When the coins clattered into the tin cup a wide grin spread over the old dark countenance. Without delay I took to my heels, running with all my might out towards the main street with the beggar's mad manic laughter echoing in my wake.

I reached the lodgings breathless, pressed the bell button, the door emitted a small clic and opened. I went inside and closed the door. There was no one around, so I turned to the stairs and began climbing. I was still gasping for breath and exhausted from the exertion of running. As I ascended, the stairs became dustier and I imagined more steep as I went higher.

Finally I stood on the fourth floor landing outside the door of my own room. I rested against the balustrade to recover my breath.

As I stood there I felt that a door had opened quietly, carefully behind me.

I turned sharply as I was still nervous from my encounter with the beggar, his words still echoing in my mind. 'Eram quod es; eris quod sum'.

The sharp malicious looking snout of an old man with a stubble of grey beard protruded from the four inches or so of space between the door and its frame.

He requested me by hand signal to approach him. I approached him warily as I was doubtful of him. On the other hand I couldn't possibly refuse if he was genuinely in trouble. He opened the door a further few inches and went into the room, which was dark except for the light which seeped in from the yellow glimmer on the landing. I stayed on the threshold until I ascertained what was troubling him.

A large table stood in the centre of the room on which there lay a long oblong box, with a large black cloth draped over it.

The old man demonstrated to me what he required, putting his hands beneath the box and emulating a lifting motion, pointing his finger in turn to me and to himself.

'Dammit', said I to myself, 'the creature is just wanting a helping hand to lift the box, It couldn't be that heavy for two'.

I went into the room, the old man directing me to the other end of the box. He then grasped the black cloth cover by its corner and swept it away.

I must admit I was shocked, though I did a good job of concealing it. A shudder of cold slithered through me and I felt something like ice racing in my blood. What was beneath the cloth and now revealed was a black coffin which had two gold handles on each side and an image of the crucifixion on the lid.

I found myself at the head of the coffin, the heavier end. We placed our hands beneath it and raised it towards us. The question which consumed me until now was … was the coffin empty? It probably was not as heavy as we imagined, but we were both handicapped, he due to his age, I due to having worked a long day, an over-indulgence of drink, and a lucky escape, as opposed to a brave stand.

Also we must be careful not to drop the coffin, as I now knew the coffin contained a body.

The old man began to reverse carefully in tiny steps towards the door. It became obvious that even the lighter end of the coffin was too heavy for him, his little spindly legs seemed to be about to fold beneath him, his arms were being stretched and pulled from their sockets and his eyes bulged reddish from beneath his brushlike brows.

Back we went laboriously until the old man was on the threshold, he peered left and right before continuing slowly out onto the landing. His was gasping for breath already and I was laying odds with myself how long it would be until he fell down, dead. He indicated by head movements that I was to come around, which I did in a half circle that brought me to the edge of the stairs. He rested the end of the coffin on the balustrade and pointed down the stairwell into the darkness below.

'God save me', said I, the words of the beggar still ringing in my ears. 'He only wants to carry this down four floors'.

The old man took his end again and moved forward slowly but relentlessly. I had no choice but to take a step down. I moved my foot back and it seemed like ages before I made contact with the next step and managed to follow with the other foot. I had negotiated but one step and yet I was drained of energy, my body shivering and sweating.

I remembered the four floors beneath me, two flights of stairs on each floor, twelve risers on each flight, two frightful laborious backward steps on each riser.

The old man was above, pressing forward unmercifully. I began to count two times twelve, twenty-four steps on each flight. Eight flights of stairs, times twenty-four, that's one hundred and ninety two. The old man emitted a screech and connected my lower abdomen with the end of the coffin. It seems I am not allowed to stand or think. I was bathed in sweat. My shirt sticking to my back, my eyes heavy from lack of sleep, my body wracked with pain.

Down, down we went, I sometimes wide awake, other times half asleep, stepping backward from force of habit like an automaton. I imagined the coffin was getting heavier, due no doubt to my own weakness, however when I looked up the old man seemed to be as energetic as ever, if anything he seemed to be getting stronger. I thought I saw once or twice when I glanced in his direction that he was carrying the coffin with one hand. When we arrived on the landing at the end of the second flight of stairs. I stood firm and stared directly at him. He hadn't sweated a drop nor did he appear in any way laboured.

I now knew I was being punished, that I was bearing the full weight of the coffin in the dark areas of the stairs and that he was merely making a show of helping when we were in the lighted areas on the landings. Why this should be I had no idea.

Once more the beggar's words echoed through me, 'Eram quod es; eris quod sum'. Could there be any connection … the thought occurred to me but I killed it at birth and cast it off. 'God man! compose yourself! – the battle is not yet lost'.

I continued struggling from step to step, from flight to flight of stairs, fighting constantly the demons of my mind, struggling to retain my courage, doing my best to keep negative thoughts at bay. My body a bed of pain, my mind wandering in and out of uncertainty, as I questioned if this was all a dream and I asleep or if I were truly awake and suffering the reality? Was I dead perhaps, in Purgatory serving my penance? Was I involved in some illegal activity, was I assisting a foul murderer?

One thing I was certain of, even amidst bouts of uncertainty, down deep in my heart I knew I was not an evil person – no saint either, mind you – but basically a good person. It was this thought and the belief that each gets what he deserves, be that ill or good, sooner or later, that was my saviour. It was this thought that kept me going on, that kept my legs from buckling beneath me, that kept my arms folded around that hateful burden that I was being forced to carry, though they were being sucked from their sockets by pain and exhaustion. It was that same thought that helped me keep calm when being thumped in the stomach by the end of the coffin and I looked up to see those malicious, unforgiving eyes of the old man staring at me.

Finally, we reached the ground floor and saw the first rays of the sun streaming through the cracks at the side of the door. I had seen it in the distance below me from the first floor. I gave thanks to God that the end was in sight for I felt that I was close to breaking, that I couldn't tolerate much longer, physically or mentally, the weight of that loathsome load.

I had but twenty-four steps to go, and I would be free of that deathly, ill-favoured task. I began to count them, one … two … When we arrived at the green marble floor, I halted and looked in the direction of the old man. Where did he require the devilish thing set down? I got for reply a twist of his head indicating that I should turn to my right down to the cellar below.

My patience and courage all but failed me. I was expecting relief, but getting only disappointment and further humiliation. If the eight flights we had negotiated were difficult, the last two were, as a result, almost impossible. My body cried out for relief, relief, but no relief would be forthcoming until the burden had reached its destination. Some time later we arrived at a large empty room with a bare concrete floor in the basement. A pickaxe and shovel stood against the wall. The old man indicated that we should lay the coffin on the floor. I didn't need an invitation. All I required was to escape the vicinity of the cursed thing and the old scoundrel as swiftly as possible. He walked over and took the pickaxe from beside the wall. I took to my heels in the direction of the door. The old man went before me and offered me his old skeletal claw-like hand, still carrying the pickaxe in the other. I shook his hand reluctantly. I would have done anything to escape him at this point. I grasped his cold damp hand and looked for the last time into his cold unforgiving eyes, which I decided had something like living fascism in them and which reminded me of evil deeds done under cover of darkness. He handed me the pickaxe. I took it from his hand and slammed it down at his feet with such force that it bounced a few inches when it struck.

I came up the stairs slowly, carelessly. What was my hurry, I said to myself, every hurried step forward is a step nearer the grave. I imagined I heard the scraping of the pickaxe below as I ascended, but who could blame me if my nerves were frayed to breaking point and causing me to hallucinate.

I reached my own room and carefully opened the door. I had no intention of sharing this with Antain, at least not until I had considered and thought about it. He would probably be sound asleep and snoring like a forest swine, and from experience I knew it was not a good idea to wake him suddenly.

The large windows were still open and the curtains billowing in the morning breeze. All I needed now was to fall into bed, but I froze in mid-stride – both beds were empty. I could see that his bed hadn't been slept in, though it was obvious that he had lain on top of the bed as I had seen him fast asleep there last night when I left.

I was now in a dilemma. I was dead on my feet from exhaustion and lack of sleep, but I couldn't close an eye knowing that my friend was missing. I looked at my watch, it was just twenty minutes past six in the morning. I knew no-one in this city who spoke English, except the brothers Abdul and Hassan, but I couldn't possibly impose on their generosity anymore, especially since I was treated so lavishly last night in the restaurant. What was I to do … do you think … a thought was filtering into my consciousness … surprising that I hadn't thought of it before … but the only person I knew in this building was sound asleep when

I left … who was in the coffin? Could it be possible that he was abducted out of his bed and that a murderous hand had sent him to his death while he was between trance and stupor? The very thought chilled me to the bone.

In the end, in the battle between guilt and fatigue, victory went to the realm of Orpheus. I lay on the bed and fell into a torpid, uneasy sleep. I re-visited in dream and nightmare the events of the previous twenty-four hours. I imagined aeroplanes and Antain, the blind beggar and the unforgiving old man, coffins and graves, Abdul and Hassan, all mixed in one crazy story, contrary to all sense or logic.

Time seemed to pass at lightning speed and when I was awakened I imagined that I had slept no more than five minutes. Somebody was banging on the room door, not in a shy way, but as if it were being hit with a sledgehammer. I looked at my watch, it was half past six. 'God's curse', I said to myself, 'not so surprising that I should have thought I was only five minutes asleep'.

I got up and answered the door to prevent it from being knocked down.

The tall lady, her of the tight skin, stood there accompanied by two members of the Policia de Sequranca Publica.

'Bom Dia', said one of the policemen. 'You are an English gentleman, yes'.

'No', said I. 'I am from Ireland'.

'Ah Sim', he said. 'One other Irish gentleman is not with you, yes?'

'Yes' I said. 'he is not here'.

'Pór favor, you will come with us senhor, yes'.

I tried to question them, had they found Antain, was he dead or alive, was he in some kind of trouble? I would have been as well to save my breath as they were in no mood for talking.

We went downstairs to the little counter which served as a reception area, where we found the guest book which we had signed on our way in open on the counter.

'Your passeporte, por favour, senhor' said the policeman to me.

I gave him my passport and he compared the signature in the passport with the one in the book.

We got in the police car and within five minutes we were at the end of our journey. I was brought into a room which had metal benches and a strong smell of chemicals.

As soon as I crossed the threshold I saw it on the other side of the room. I found it difficult to believe, but I would recognise it anywhere, the black coffin with which I had spent the night struggling down the stairs in the Pensao do Paraiso.

It lay on a stand, its lid placed against the wall beside it.

The policeman invited me to look in the coffin, which was totally unnecessary as all the police in Portugal would not have prevented me from looking in it now, if only to see whose corpse I had been exhausting myself with since last night.

Upon my first glance in the coffin, I recognised Antain's suit, the same grey suit he was wearing the last time I saw him, the one which had a label inside the jacket which had [James Woods, Gentleman's Tailor, Dublin] on it.

When I directed my attention toward the face I knew there was skulduggery afoot. The face was not that of Antain, but of another gentleman whom I recognised instantly, the blind beggar. I was shocked but kept calm. I drew the lapel of the jacket towards me until it opened. I showed the label to the policeman, who made a note in his notebook that I had recognised it. He enquired if this was Antain.

'Yes', I replied. 'That's him all right'.

He took an Irish passport from his inside pocket, and I knew in advance who it belonged to. He showed the passport to me and it was Antain's right enough. He spent a few minutes examining the photograph and glancing at the face of man in the coffin, before handing the passport to me.

'You will require this for removal of the body', he said.

I promised I would make the necessary arrangements promptly, and they brought me back to the lodgings without delay. Before I left the car the policeman with whom I had been conversing in English sympathised with me and said it was a pity they had to upset me so on a Sunday morning. I was standing on the pavement, with the policecar sweeping away up the street when the thought struck me. Sunday morning! I had been asleep for twenty-four hours and five minutes rather than five minutes as I had previously thought. The flight on which Antain and I had return tickets was leaving at three. I looked at the time – it was now a quarter to nine. In I went to the reception area. I would have to confirm this. The guestbook still lay on the counter top. I turned the pages until I found the day we had signed in. Sexta-feira, that's Friday, Sabado, that's Saturday, and that page was also full, and today Domingo, Sunday with just a few signatures. I closed the book and continued up the stairs with many questions unanswered and much thinking to do.

I still didn't know if Antain was dead or alive. The blind beggar was dead in possession of Antain's suit and passport. Whatever had happened to Antain or wherever he was now, the blind beggar had something to do with it. I now had Antain's passport and the Policia de Sequranca Publica were expecting me presently to remove the beggar's body.

I pushed in the door of my room and froze in shock and amazement. Who was lying in the bed but my buddy Antain! He wore an overcoat and socks, there were no shoes evident. He awoke as I came in, perhaps because I wasn't as quiet as I would have been had I known he was in the room.

He sat up in bed and swung out his legs.

'Where were you or what happened to you', I said.

'Ogh, ogh boy, bad trouble, bad trouble'.

He said he awoke at about ten o'clock on Friday night and got directions from the lady at reception to the nearest Indian restaurant. He went around there getting lost a few times on the way, until he had to return and start again. When he finally arrived the restaurant was closed.

As he returned he took a shortcut through a dark narrow passage. He remembered a blind one-legged beggar who was asking for alms, but recalled no more until he regained consciousness this morning in a dark narrow room, missing his suit and his shoes. All of his money and his passport were missing as well. A sentry who was supposed to be guarding him was asleep on a chair in the other room. Antain just walked out of the room and no one impeded him in any way.

'What am I to do', he said mournfully. 'I have my return ticket, thank God, I left it here in the room. But my passport is gone, I haven't a brass farthing, and I have no clothes'.

'As it happens I have a sweater and trousers unworn, and there's a few spare euro you can have'.

'Yes, but what's the good if I haven't got my passport? I will not be allowed to board the plane'.

'Well as it happens again', I said, reaching into my jacket pocket and producing the passport which the policeman had given me.

'Glory be to God', he said leaping from the bed, 'you're a hero. Your blood is worth money, damned, but you're good'.

To make a long story short, we had but minutes to spare when we reached Francisco de Carneiro Airport and boarded the plane without difficulty. Not until we were safely in the air did I relax in my seat and close my eyes.

For many months afterwards that haunting voice came whispering in my ear, 'Eram quod es: eris quod sum', and for as long as God grants me life, I will never forget that vision of the Blind Beggar of Porto with a pair of Irish two euro coins covering his two blind eyes.

Faoin Údar

Cé gurbh as Gealtacht Thír Chonaill a thuismitheoirí agus gur Tír Chonaill a bhaile ba i Peart na hAlban a rugadh Pádraig. Tógadh é agus cuireadh chun na scoile é i gceantar na gCruach i dTír Chonaill, ceantar dúchais a mháthar, agus níos moille arís thiar i nGaoth Dobhair arbh as a athair. Is beag oideachas foirmeálta a fuair sé ina óige agus den mhórchuid is trí fhéinfhoghlaim a fuair sé a chuid léinn. Tá cuid mhaith gearrscéalta Gaeilge scríofa aige agus foilsithe in *Lá, Lá Nua, Feasta, Comhar,* agus sna cnuasaigh a chuir Coiscéim amach faoi eagarthóireacht Philip Cummings, *Lón Léitheoireachta* 1 agus 2. Tá dhá úrscéal scríofa ag Pádraig go dtí seo: *Na Déithe Bréige* agus *Seachrán na Mic Uí gCorra* (Coiscéim 2007 agus 2008). Fuair a shaothar *Seachrán na Mic Uí gCorra* aitheanteas ag Oireachtas na Gaeilge sa bhliain 2008 nuair a bhí an duais don úrscéal is fearr roinnte idir é féin agus ceathrar eile. Tá Pádraig ina chónaí i mBaile Brigín Co. Átha Cliath. Is í Margaret a bhean chéile agus tá triúr clainne fásta acu.

About the Author

Although his parents were natives of the Donegal Gaeltacht which he still regards as his home, Pádraig was born in Perth, Scotland. He was reared and sent to primary school first in the Cruacha area of Donegal, his mother's native area, and later in Gaoth Dobhair, his father's homeplace. Having received little formal education in his formative years, Pádraig is largely self-educated. He has written many short stories, and has been published in *Lá, Lá Nua, Feasta, Comhar* and in two anthologies edited by Philip Cummings: *Lón Léitheoireachta* 1 and 2 (Coiscéim). Pádraig has to date written two novels: *Na Déithe Bréige* and *Seachrán na Mic Uí gCorra* published by Coiscéim in 2008 and 2009 respectively. *Seachrán na Mic Uí gCorra* was recognised by Oireachtas na Gaeilge in 2008 when it shared first prize with four others. He lives in Balbriggan, Co. Dublin with his wife Margaret and they have three grown up children.